見えない鎖

鏑木 蓮

潮文庫

見えない鎖

カバーデザイン◉片岡忠彦
カバー写真◉Pascal Preti／Getty Images

第一章
不　安

1

四月二十七日　月曜日

生田《いくた》有子《ゆうこ》は、アルバイト先である須磨美術印刷の玄関を出ると、いつものように会社の表に備え付けてある大きな時計を見上げた。六時三十分を過ぎている。

急がないと、お父ちゃんお腹をすかしてるわ。

有子は大股で歩き始めた。家までは急ぎ足で十分、途中スーパーに寄って買い物をして、帰宅後料理にかかるとすると、夕飯は七時半を過ぎてしまいそうだ。

父の生田有正《ありまさ》は建設現場の警備員をしていて、六時にいったん帰宅する。夕飯をとり、ローテーションによっては夜間警備に出る。今夜はその日だ。

有子は神戸ポートアイランドにある短大の学生で、授業が終わるとアルバイトに行く。そして帰宅し夕飯をこしらえる。

有正は警備の仕事に就いてまだ一年半だ。二年前に中堅の電機メーカー三松《みまつ》電工を退社している。表向き依願退社という形にはなっていたが、いわゆるリストラだ。四十七歳の中間管理職が再就職できるほど、世の中は甘くない、と有子にこぼしてはビールをあおる。しかしその半年後、趣味の居合道の先輩だった警備会社社長、中《なか》原敏《はらさとし》から仕事の誘いがあったのだった。

本当に急がないと。お父ちゃん、お腹が減るとビールに手を出しちゃう。

有子が目を光らせていないと、ビールを飲む。真面目だった有正はリストラ以来、何かというとアルコールを口にする。警備会社入社時の健康診断で、肝機能と血糖値、そして血圧に問題が出た。会社の顧問医師から、油ものとアルコールには気をつけた上で再検査をするよう言われた。その検診も今月末で、四度目となる。

数値を下げるには有子の厳しい管理が不可欠なのだ。そのため疲れていても、弁当を持たせ夕飯をつくっている。

有子に母はいない。小学三年生のときに、家を出て行った。

別の男性がいたことを、有子はうすうす知っていた。東京への出張や日頃残業でいない父の代わりに、見知らぬ男性と夕飯を食べたことがあった。

有子の「このひと誰？」という問いに、高校時代の同級生の旦那さんだと母は答えた。

こんな暮らし、面白ない。

一緒に夕飯をとり、有子が自分の部屋に戻った後に、リビングから聞こえた母の声だ。

おじさんがくるといつもお酒を飲むし、声も電話に出るときのように高くなる。

特にそのとき聞いた母の声は、いやだった。有子の好きなお母ちゃんじゃない気がして、はやくお父ちゃんに帰ってきて欲しいと心の中で願った。

その夜から数えて、一カ月も経たないうちに、母は手紙を置いて家を出て行った。

秋風が冷たくなる十一月の末のことだった。

有子はあのおじさんが母を盗んだのだ、と思うと寂しさでぼろぼろと涙が出た。

母の帰りを、毎日仏壇のお婆ちゃんに祈る。

大好きなお母ちゃんを、返してください。

友達からお母ちゃんが美人だと褒められるたび、自分のことのように嬉しかった。

料理も上手で美味しかったし、父と仲が悪いと思ったことは一度もない。何より有子に優しかった。

神戸でも有名な女子短大を卒業していて、賢い女性というのは母みたいな人なのだと思っていた。だからきっと自分のために、帰ってきてくれると信じていた。

憎む？

そんな感情は湧かない。それよりも日ごと寂しさが募っていった。学校へ着ていく服に合うソックスの色、頭につける髪留め、体育の服装や給食費の準備……。

お母ちゃんがいないと何もできない。

何度か無言電話があった。

お母ちゃん？　お母ちゃんやろ。

返事はない。しかし息づかいで母だと分かった。

嬉しくて、無言の受話器に向かって学校であったことや友達のことを早口で話す。

そして、十円玉の落ちる音で電話は切れる。そんなことが小学校を卒業する頃まであった。

なぜ父と自分を捨てて家を出たのか。それだけは訊けなかった。

ただ母の家出には自分にも責任があったのではないか、と中学生の頃悩んだことがある。あの夜の母の言葉を聞いて以来、有子は如実にその男性を避けるようになった。

そのため、母と男性を二人きりにする時間を与えてしまったと。

有子も人を好きになり、距離と時間というものが人間の結びつきには大きく作用する、と感じていた。温もりが伝わる距離、相手のことを知るために費やされる時間が親密度を高めていく。そこに少しでも好きだという感情があれば、恋愛に発展していくと思う。道徳や倫理に、それを抑えるだけの力があるとも思えない。

現に母は、九歳になったばかりの有子を捨てた。

以来、十一年、有子と父との暮らしが続いた。

父の存在が疎《うと》ましいと思うことは、幾度もあった。

お前、親父が恋人か。

父に嘘をつきボーイフレンドとの時間を作っても、距離を縮めようと努力しても、有子の恋は実らなかった。

しかしいまは、父が手のかかる子供に思えるときがある。

母が戻ってくると信じているところが、父にはあった。

母の手紙に何が書かれていたのかは知らないが、父は自分に非があると、つぶやいたことがある。そして家を出て四年ほどしたある日、母から借金の依頼があった。

父が文句を言いながらも、振り込みに応じたとき、さすがに中学校へ上がったばかりの有子も怒った。

頼る人間は、お父ちゃんしかいないんだ。

噛みしめるように言った父の顔を、いまでも有子は忘れない。

たとえ借金であっても母とつながっていたい、と思っているのだろうか。

いまの有子には、そんな父が哀れに見える。

あちこちに問題を抱えるまで身体を酷使し、懸命に働いてきた末に会社からも、妻からも見放された父の面倒を見られるのは自分しかいない。

そう思い切ると、短大とアルバイト、そして家事までもさして辛くなってきたから不思議だ。愚痴をこぼしているときは何をするにもいやで、気が重かった。

それが、いまは結構楽しめている自分に驚く。短大では食物栄養学科に籍を置いているが、栄養士カリキュラムで学んだことをそのまま、お弁当や夕食に役立たせることができた。

短大の友達は、大学でも家でも栄養のことを考える有子に同情する。けれどもその度《たび》に「意外に楽しいよ」と、口に出しているうちに本当に苦にならなくなった。言葉の力は凄いと感じる。

アルバイト先の印刷会社が主に扱う美術印刷物は、料理本や料亭のパンフレットだから、料理づけの毎日といってもよい。

我ながらよく飽きないな、と思うこともある。でも料理の素材や含まれる栄養、それらがどう人体に影響するのかを考えるのは楽しかった。

すぐ向こうの港から生温かな潮風が吹いてくる。夜になっても寒くなく気持ちいいくらいだ。

ふと目に留まった小さな電器店の薄型テレビでは、お笑いタレントがゴールデンウィークの穴場スポットを紹介していた。

明日一日、学校に行くと長い休みに入る。天気に恵まれればお布団が干せる。早めに夏物の準備を始めてもいいだろう。

この休みに沖縄やバリに泳ぎに行く友達もいる。一回生だった去年のゴールデンウィークには誘いがあったが、今年は誰からも声をかけられない。

父の仕事に連休はないと、ことあるごとに言い続けてきたからだろう。

須磨公園にほど近い場所に、母と有子のためにと父は無理をして一軒家を構えた。そのローンや母に融通《ゆうずう》したお金で、父の退職金はほとんどなくなっていた。

経済状態を知ったとき、短大を辞めようと考えた。

しかし父は親の責任としてそれだけは許さない、と言い張った。それどころか短大から四年制への編入コースを薦《すす》めた。

無理をして働く時間を増やしている父を放って、遊びに行けるはずがない。誘いに乗ったとしても、きっと楽しくはないだろう。

ヤマブシタケが安いんだった。

頭から沖縄もバリもかき消そうと、朝見たスーパーの折り込みチラシを思い浮かべた。

ヤマブシタケは、免疫力をアップさせるβグルカンが多く含まれている。肝機能を高めるグルタチオンが含まれているアスパラと一緒に、粉チーズを振ってオーブントースターで焼けば一品になる。

有子はエコバッグを左手に持ち替え、インターホンを鳴らした。

しかし、もう帰っているはずの父から返事がない。

隣の家との境界線まで行って、リビングのある辺りを覗き込んだ。真っ暗だ。

疲れて眠ったのかな。

外灯は、暗くなると自動でともるようになっている。

軽い胸騒ぎに襲われた。高血圧が、脳出血を起こす原因のひとつだからだ。

慌てて鍵を取り出し、二つの鍵を開けた。その音が妙に大きく響く。

「お父ちゃん。ただいま」

玄関から声をかけた。

長身で黒縁《くろぶち》の眼鏡をかけた父が、少し伸びた髪の毛を気にしながら出てくる光景を想像したが、何の気配もない。

父を呼びながら、スニーカーを脱ぎ玄関を上がってリビングへと入る。

壁の電気スイッチを入れて明るくなったソファーに、父の姿はなかった。

やや安堵《あんど》し、トイレや風呂場、書斎を見て回る。

何だ、まだ帰ってきてないのか。

リビングテーブルの上にあるデジタル時計を見た。七時三分だった。

荷物をリビングに置くと、対面式のキッチンへ回り、鶏肉や野菜類、卵を冷蔵庫にしまう。

父が帰ってくるまでに夕飯の支度を終えよう。

有子は急ピッチで料理をし始めた。

テーブルに料理を並べると、七時四十分になっていた。

お父ちゃん、遅いな。

テレビを見たり、何度も味噌汁を温め直したりしながら九時過ぎまで待った。

料理にラップをかけて、栄養学のテキストに目を通していたが、集中できない。テーブルの携帯電話と、食器棚にある固定電話付きファクスに何度も目をやった。父は遅くなるとき、必ず電話をかけてくる。それがないのが気になった。携帯を手に取り、父から聞いたジャスティス警備保障の電話番号をディスプレイに表示した。

四十九歳の男が、少しぐらい帰宅時間に帰らないからと騒ぐのもおかしいか。リセットして、携帯をしまった直後、固定電話がけたたましく鳴った。

びっくりして、飛び上がりそうになった。

「もしもし、生田さん、生田有正さんのご家族の方ですか」

受話器から、聞き覚えのない男性の声がした。

「はい」

としか答えない。流行りの振り込め詐欺かもしれないからだ。

「垂水《たるみ》警察署の平川と言います。突然ですが、生田有正さんが事件に巻き込まれ、垂水E会病院に収容されました。大変危険な状態だということです。至急御足労くださ い。詳しいことはそのときに」

「えっ……父が……」

「お父さんの会社の方が迎えに行くはずです。では病院の住所を申し上げます」

平川は、病院の住所と電話番号を二度繰り返した。

「分かりました。すぐ行きます」

そう言って電話を切ったものの、身体が硬直して動けない。

テーブルの料理を冷蔵庫にしまおうかと、どうでもいいことに気が行く。

とにかく病院に急がなければいけない。財布を持って出ようとすると、今度は鍵が見つからなかった。

戸締まりしなくては。

うろうろと玄関とリビングの間を探し、ようやくファクスの横にある鍵を見つけた。

再び電話が鳴った。

反射的に受話器を取る。

「ジャスティス警備保障の中原です。お父さんが大変なことになりました。いまそちらに向かってますから、ぼくの車で、病院へ行きましょう」

落ち着いた低音が響いた。平川の電話は本物だった。

中原には一度しか会っていないが、凛々しい顔と広い肩幅がすぐに浮かんだ。

「お嬢さんはそこで待っていてください。もうすぐ着きます」

その言葉は、穴の開いた胸に熱いものが込み上げるほど、心強かった。

2

中原の車のドアにはジャスティス警備保障のマークが描かれていた。そのハヤブサを象《かたど》ったマークは、父のユニホームの胸にもあった。洗濯をして干す度、盛り上がったワッペンの、鋭い目のハヤブサを手のひらで叩いて伸ばしていた。

中原には、いろいろ訊こうとするが、声が出てこない。

父に何が起こったのか。危険な状態とは、どういうことなのか。事故ではなく事件というのも気がかりだ。なのにマークのハヤブサが頭の中を駆け巡るだけだ。

これまで自分が耳にしてきた救急車やパトカーのサイレンも、まったく他人事にしか感じていなかったことを思い知った。

平成七年一月十七日、午前五時四十六分五十二秒。

あの大震災の朝でさえ、これほど動揺しなかった。家が半壊するほどの大きな揺れと音のただ中で目覚めたとき、母の胸に抱《だ》き抱《かか》えられていたからだ。

母は毛布と布団ですっぽりと覆い、有子を守った。

有子自身は、お母ちゃんのおっぱいに顔を埋め、赤ちゃんみたいで、恥ずかしいと文句を言ったことしか覚えていない。

父の生まれ育った古い家の一階部分は、ぺしゃんこに押しつぶされたようになっていた。それほどの衝撃があったにもかかわらず、寝室が二階だったことで奇跡的に助かったのだ。

家で一番早起きの父が、倒れた簞笥《たんす》の下敷きになった。母の話では、有子たちをかばってくれたのだという。

お父ちゃんは生まれつき頑丈にできている。

父がそう言って笑ってから、もう十四年が経つ。

いまだってお父ちゃんは、頑丈なんだ。怪我をしても、絶対に大丈夫なはず。

つぎつぎと後ろへ流れていく車窓の風景は、見慣れた街のはずだ。にもかかわらず、震災後、避難所で見たどこか違う街にいるような気がする。全体が黒くて寒々しかった。

「会社が貸与している携帯電話から、連絡があったんです」

不安げに窓を見詰める有子へ、中原が言った。

「えっ。父から連絡があったんですか」

話ができたのなら、危険な状態というほどではないのかもしれない。

そうだ。お父ちゃんが死ぬわけない。

「それが……」

前方を見詰めたまま、中原は口ごもる。

また動悸が激しくなる。

「父は、なんと」

みぞおちに、きりきりと痛みが走った。

「ただ……知らない男に……刺されたと」

「さ、刺された」

思いも寄らない言葉だった。

日常生活からかけ離れた印象の言葉だが、無関係だといえない現実が、日本という国にもある。誰の身の上に降りかかってもおかしくない危うさがはびこっていることを、有子も頭では理解しているつもりだ。

新聞やテレビではよく目にするが、みんな自分には一生縁のない事柄だと思っている。

有子も警察からあった電話や、中原が運転する車の助手席に座っていること、すべてが空事《そらごと》の気さえする。

料理を作って、皿にラップをかけて父を待つ間に、眠ってしまったのではないか。じきにチャイムが鳴って目を覚まし、インターホンに出ると、父の声が聞こえる。

遅くなるなら電話してよ、と文句を言いながらドアを開く。

「ドアを開ける前に、もう一度確かめないとダメじゃないか」

と、毎回同じ小言をもらうのだ。

早くチャイムを鳴らして、目を覚まさせて欲しい。

「お父さんは、それだけしか言いませんでした」

聞こえてきたのは、聞き慣れたチャイムではなく、中原の声と車の音だった。

「GPSで居場所が分かるようにしているんで、すぐに一一〇番と一一九番に連絡したんです」

五色塚《ごしきづか》公園の北西に位置する道路から発信されていることが分かり、中原も現場へ急行した。警備会社から車で十五分ほどの距離だという。

「救急車が到着するのと、ほとんど同時に現場に着きました。ストレッチャーに乗せられてましてね。呼びかけたんですが、そのときは返事ができる状態ではありませんでした」

中原は現場にいた警察官に、被害者の身元確認者として有子の名を告げ、自らの名刺の裏に生田家の電話番号を書いて渡した。そしてその足で、有子を迎えにきたという。

「父の怪我はそんなにひどいんですか」

「分かりません。うちの会社の者を救急車に同乗させているんですが、さっき報告をもらったところによると処置室に入ったままのようです。右脇腹を刺されたということで、かなり危険な状態なんだと」

中原が悔しそうに眉をしかめ、奥歯を嚙み締めたのが分かった。

父は中原を信頼していた。元警察官の中原を、日本の警察には必要だった人材だと、よく言っていた。

人柄や頭の回転はもちろん、何よりやる気を持たせる名人で、警備という仕事の意味を理解させ、惰性に流されないようやり甲斐と誇りを持たせるのだそうだ。

自分が勤めてきた電機メーカーの経営陣に、中原が加わっていれば、リストラなどではない違った経営危機の回避を実行できたかもしれない。

そんな父の話を聞くうちに、有子も中原をよく知っている人のように感じていた。

GPSでいち早く現場を特定したり、救急車に部下を乗り込ませたり、また不安でうろたえる自分を迎えにきてくれたりする迅速な対応は頼もしいと思う。父が信頼するのも分かる。

車は病院のロータリーに入った。

数台のパトカーが駐まり、赤色灯がまたたいている。

「お嬢さん、急いでください」

正面玄関に車を着けると、若い男性が近づいてきた。中原の部下だった。

男性は有子を促すと、駆け足で緊急処置室へ誘導した。廊下には、何人かの制服警官の姿がある。

その中を駆けると、ますます胸が苦しくなってくる。

息も絶え絶えになりながら、心の中ではお父ちゃんと大声で叫んでいた。上手く足が動かず、代わりに涙が止まらない。

早く父に会いたい気持ちと、横たわる姿など見たくないという気持ちとが、足にまとわりつく。

途中で女性看護師が出迎え、中原の部下と入れ替わった。

「生田さんのお身内の方ですね」

「娘です」

込み上げる吐気を押さえて、そう言うのが精一杯だった。

「お父さんは肝臓と膵《すい》臓の損傷が激しく、緊急オペをしました。ですが出血が激しく、血圧が下がり、呼吸も浅い状態です。先ほど一度心停止状態に陥りました。何とか持ち直しましたが」

自分の心臓の音のせいで看護師の言葉がわんわんと響きよく聞こえない。切迫した状態であることだけは分かった。

看護師がドアを開けて、有子が中へ駆け込む。

鼻から管が通され、青白い顔だが間違いなく父だった。

「お父ちゃん。お父ちゃん、有子やで。有子がきたから、しっかりして。お父ちゃん！」

きちんと刈り込んだ髪から出ている耳に向かって、大声で叫んだ。

しかし半開きの目はただ天井を見詰めるだけで、有子の声に反応してはくれない。

「お父ちゃん！」

もう一度叫び、顔へすがりついた。

口から耳の後ろにかけて、血を拭《ぬぐ》った跡が筋状になって付いている。

胸が激しく上下していたが、大きく痙攣《けいれん》し、動かなくなった。

モニターの甲高い警告音が鳴り響く。

「心肺蘇生術を開始しますので、外で待っていてください」

看護師はそう言うと、有子を処置室から連れ出した。

「お父ちゃん」

何度も振り向き、叫んでいた。

「お嬢さん」

廊下に中原が立っていた。

「そ、蘇生術をするそうです……」

それだけ言うのが精一杯だった。

有子は前のめりになって、中原の胸に飛び込んだ。

待合室は、薄暗かった。明るいからといって、気持ちが楽になるわけではないが、誘蛾灯《ゆうがとう》のような処置中のランプを見ながら、冷えたソファーに座っていると心底暗い気持ちになる。

険しい表情の看護師たちが慌ただしく行き来する度、最悪の事態を想像する。目があうと、ドキッとして身構えた。

彼女たちが処置室へ姿を消すと、止めていた息を吐く。その繰り返しが幾度となく続いた。

「生田有正さんのお嬢さんですね」

背広姿の男が近づき、自分は電話をした垂水署の平川だと名乗った。

有子はうなずいた。

「あなたが、中原さん？」

平川は、中原の方を向いた。

「ええ。生田さんはうちの警備会社の社員です」

ジャスティス警備保障の代表であり、通報者だと改めて中原は言った。

「じゃあ、被害者から連絡を受けられた」

「ええ」

「その様子を詳しくお聞かせください」

平川が中原に質問しようとしたとき、

「生田さん」

と看護師が静かに声をかけてきた。時計は午前三時五十分を指している。

長く黙っていたせいで、返事をしたがちゃんと声が出なかった。

中原に背中を押されて立ち上がると、看護師が有子の身体を支えた。

「お父さんを、見てあげてください」

彼女の言葉で、何もかもが終わったことを悟った。

「お嬢さん、私も一緒に。いいですね」

有子はうなずく。

中に入ると、さっきと同じように処置台に横たわる父がいた。

ゆっくりと近づく。

血の跡などは、きれいに拭《ふ》かれて見当たらなかった。

「気道を確保して、酸素を送っていますが、もう……」

医師がマスク越しに言った。

「手を握ってあげましょう」

横の中原が耳元でささやいた。

「お父ちゃん。いや、いやや。絶対に死なんといて、死んだらあかん。死なんといてえな、お父ちゃん」

手を握ると温かかった。

冷え性の自分よりよほど温かい、と有子は感じた。

生きている。お父ちゃんは生きている。

「何で、何でですか先生。お父ちゃん、生きてるやないですか。助けて、助けてください」

手を握ったまま、顔だけ医師の方に向けた。

「膵臓から膵液が……肝臓の門脈を切断されてしまっています。残念ながら、内臓へのダメージが大き過ぎるんです」

医師が答えたとき、モニターの警告音が鳴った。医師が父に覆い被さるようにして心音、瞳孔をチェックし、再び心臓へのマッサージを始めた。

今度は追い出す者もなく、ただ医師の背中を見ているだけだった。


有子は体中の力を声に込め、父を呼び続けた。あの世があって、たとえそこへ旅立とうとしていたとしても、自分の声だけは届く。

何泣いとん。

きっと目を開き、そんな素っ頓狂な言葉を投げかけてくる。そう信じていた。

母がいなくなって、一年が過ぎようとしていたある土曜日だった。学校から帰って、やっぱりお母ちゃんはいない、と確かめるとベッドで泣いた。自分でも驚くほど、止めどなく涙があふれ出た。

その日は学校の家庭科の授業で、大失敗をした。班ごとで作ったほうれん草のバター炒めを、試食する前に床へ落としてしまった。有子の班だけ、生野菜のサラダのみの試食となった。

誰も有子を責めなかったが、そのことがかえって自分自身を惨《みじ》めにさせた。

あほやな。

お母ちゃんがいたら、そう言って笑っただろう。あほやなって言ってくれると、ほんまにあほやったわ、と有子も自分を許せた。

このときほど母が恋しいと思ったことはなかった。しかしどこにも母の姿がないことを思い知ると、堪《こら》えていた寂しさがいっぺんに出てきた。

その夜帰ってきた父が、もうとっくに泣き止んでいた有子の顔を見るなり、

「何泣いとん」

と訊いた。

分かるはずなどないと思っていた。知られるのが恥ずかしかった。

「何にも泣くことなんかあらへんわ。あほらし」

そう言って誤魔化した。

「ほなえええんや。お父ちゃん、デーゲームでオリックスが負けたんかと思たで」

そのときの父の表情は、素っ頓狂な顔というものがあるとすれば、まさにそうだった。

「そんなあほな。オリックスが負けて泣いてたら、何カ月も泣いて暮らさんとあかんやんか」

何ということもない会話だった。それが家庭科の授業での失敗を忘れさせてくれた。家のことを一所懸命するようになり、進学先に食物栄養学科を選んだのは、あの日だったのかもしれない。

早く目を開けて、素っ頓狂な顔をして笑って欲しかった。

父は一度目を開いた。

しかし口から血を吐いたと思うと、再び目を閉じた。モニターが警告音を発し、医師が目を開き、瞳孔を確認する。

看護師が身を譲るようにして、有子を処置台の父の側へ近づかせる。

父から手を離し、医師が有子に向き直った。

「お嬢さん。残念ですが……」

「…………」

唇の周りについた血を看護師が拭うと、口から飛び出しているチューブが揺れた。

「お父ちゃん？」

「四月二十八日、午前四時五分、生田有正さん、ご臨終です」

「えっ？　いま動きましたよ」

「いえ」

医師は首を振った。

「私、見ました。まだ息があるんじゃないですか」

「お嬢さん、本当に残念です」

「いやです！　私、そんなのいやっ。動いたんです。看護師さんも見ましたよね」

「生田さん、お気持ちは分かりますが、私が顔を拭いたときの振動なんです。外へ出ましょうか」

「振動？……」

「そうです。さあ外で待っていてください。お父さんきれいにしてあげないといけませんから」

看護師は有子の肩をつかみ、背中を押した。力が入らず、彼女の言うなりに身体が動いた。

「お嬢さん。申し訳ない」

先に廊下に出た中原が有子を振り返り、深々と頭を下げる。

中原が頭を下げていることの方が、医師の臨終の言葉より現実味があった。

「中原さん。お父ちゃん……お父ちゃん、死んでしもたんですか」

「私がついていながら」

「何で、何でお父ちゃんがこんな目に遭うんですか」

「無念です」

中原が、また頭を垂れた。

3

中原に連れられ廊下の椅子に座ると、平川が近づいてきた。

「残念なことになったようで、ご愁傷さまです」

平川も頭を下げた。

「凶器などの特定をする必要がありますので、お父さんの帰宅については、後ほど連絡します」

「どういうこと、ですか」

「司法解剖をされるんです」

傍《かたわ》らの中原が言った。

「解剖、ですか」

父が可哀想な気がした。

「殺人事件ですから、一刻もはやく犯人を挙げたいんです。生田さん、堪えてください」

平川の口調に選択の余地はなく、有子は小さくうなずくしかなかった。

「いろいろ訊きたいのですが、お疲れでしょうから今晩はこれで自宅へ戻ってください。明日、いやもう本日になりますが、午後一時にご自宅へ伺います」

そう言うと平川は、処置室へ入って行く。

中原は何も言わずに、有子を自宅まで送ってくれた。慰められたり、また何かをしゃべろうとすれば、涙が堰《せき》を切って流れただろう。沈黙が、いまはありがたい。

自宅に着くと、玄関の前に牛乳が置かれていた。一緒に届くはずの、特定保健用食品の乳酸菌飲料が見あたらない。父の高血圧のために頼んでいるものだ。これまでも二、三度忘れられたことがある。

電話をかけて、持ってきてもらわないといけない。夜勤明けに帰宅するとすぐに飲ませないと。この飲料だけは、三日坊主の父が真面目に飲んでくれる。

そうか、もう必要ない。それどころか断りの電話をしなければいけない。

「お嬢さん」

と中原に呼ばれて、自分がぼうっと牛乳を見詰めて、玄関の前に佇《たたず》んでいたことに気づいた。

「今日は、どうもありがとうございました」

唇が震えているのが、自分の出した声で分かる。それを隠すために、お辞儀をした。落ちてきた髪の毛で顔も隠れる。

「すぐに休んでください」

「はい」

下を向いたままで返事をした。

「平川刑事が来るとき、私もご一緒していいですか」

「えっ」

中原を見た。

「お嬢さんがよろしければ」

「お願い、します」

刑事と話すことが何だか怖く、何より心細かった。

「では、お昼前にきます。いいですか？」

「は、はい」

「少しでもいいから身体を休めてください。では」

中原が、車に戻っていく背中を見ていた。

本当は、父のいない家に入るのがいやだった。もう父が戻ってこないと分かっている家が、怖かった。

中原が車のエンジンをかける音が聞こえた。路地の向こうに牛乳屋さんの軽トラらしい音もする。いつもはまだベッドの中で眠っている時間だが、これが毎朝の音なのだろう。

お隣は、二日前の日曜日から家族旅行へ出かけると聞いていた。高速道路の値引きを有効に使って、四国へ行くと笑っていた。

世間は、ゴールデンウィークなんだ。

のろのろと鍵を開け、牛乳を手にして家に入る。台所の冷蔵庫に牛乳を入れ、ペットボトルのウーロン茶を取り出した。

食器棚のガラスコップを手にし、リビングのテーブルについた。ウーロン茶を一口飲む。口の中に涙の塩気が残っている気がして味が分からなかった。

着替えるのも億劫《おっくう》だし、部屋のベッドに行くのもまどろっこしい。

有子は、ソファーに身を投げ出すように横たわった。目を閉じ、中原の言いつけに従い少しでも眠ろうとした。しかし寝つけず、血を吐いた父の顔がちらついて、胸が痛んだ。痛みは直ちに悲しみへと変わる。

父が夜勤のとき、有子は一人で過ごしていたのに、いまは誰か側にいて欲しかった。真っ先に短大の友人、高島やよいの顔が浮かんだが、今日からバリへ行くことになっていた。楽しい旅行の前に、友達のトラブルなど知りたくないだろう。それに遠距離恋愛中の彼氏に会うために、東京に行っているかもしれない。東京で彼と合流し、その他の友達と一緒にバリへ旅立つ予定のはずだ。

どうして自分はこんな目に遭うのだろう。ゴールデンウィークが楽しいと感じたことはない。いや、楽しもうと思えば、楽しめたかもしれない。けれど一度楽しんでしまうと、その後いつもと同じ生活ができるかどうかが心配になった。

自分のために働いている父に対して、後ろめたさもあるが、一番怖いのは自由の味を覚えてしまうことだ。

真面目に授業を受けて、家計を助けるためにアルバイトをする。その上父の面倒を見ることで、一日は終わってしまう。その繰り返しに疑問を挟んでしまっては、到底いまの暮らしは成り立たない。

それでもやってこられたのは、父が好きだったから。できるだけ衝突を避け、上手くいくように我慢したのは、父の寂しい顔を見たくなかったからだ。

ナイターを見ながら、いつの間にか眠っている父が、寝言で「おい」と呼ぶことが何度かあった。

それが娘を呼ぶトーンではないことを、有子は一番よく分かっている。

父が目を覚まして、辺りを見回して見せる顔は悲しげであり、寂しげでもあった。

妻に逃げられた男というのが、これほど自信を失うものかと有子は驚いた。

あのときの父の目はいまも忘れられない。

欲望というものは不思議で、欲しいものの情報を一切断ち切ることができれば、熱は次第に冷めていく。見ざる、聞かざる、言わざるを通せばいい。

一旦、情報がなくなれば、どんどん流行から取り残されていく。一度浦島太郎になりさえすれば、いくら欲しくなっても時間が壁になってくれた。

もの凄く欲しかったバッグも、流行から見放されれば、いつでも手に入るものになり、時代遅れを持ち歩くことになる。

そんな風にして有子なりに気持ちに折り合いを付け、家事をしてきた。

その上、父が殺されるなんていう不幸まで、自分に背負わせるつもりなのか。

どんな悪いことをしたというのか。

幸せだと感じたことはない。だけど震災に遭っても生きてこられた。それを幸いだと思ってきた。

なのに殺人被害者になるなんて。

またチューブをくわえた父の顔を思い出し、悔し涙があふれた。

いったい誰が、お父ちゃんをあんな目に遭わせたの。何でお腹を刺すなんてことをしたの。

誰からも恨まれるはずはない。リストラで他の人の首を切るのをいやがったために、自分が退職者リストに載せられたと聞いたことがある。

受験戦争、就職戦線を勝ち抜き企業戦士になった父の世代、もう生き残りゲームはいやだったんだと漏らした。

だから依願退職に踏み切ったお人好しが、殺されるなんてどう考えてもおかしい。

怒りと悔しさが神経を高ぶらせる。

しかし有子は、固く目を閉じてただ時間が経過するのを待った。

何度かうとうととまどろんだだけで、午前十時頃、有子は身体を起こした。

父が刺し殺されたのは悪夢で、目が覚めるとみんな嘘だったという夢を見た。

テーブルに置かれた飲みかけのウーロン茶を見て、それが淡い願望だったことを思い知った。

やっぱりお父ちゃんは帰ってこない。

母がいなくなり、そして父も自分を置いていった。もう誰も守ってくれる人はいない。頼みは中原だ。早くきてくれないだろうか。

顔を洗おうと洗面所に立った。頭の芯に鈍痛がある。寝不足のときに、よくある頭痛だった。

泣き過ぎたせいもあるかもしれない。

インターホンが鳴った。

中原だ。

有子は急いで髪をとき、服装を整えて玄関に出た。

「中原です。少し早かったんですが」

「いま開けます」

早足で玄関まできたために、脈をうつような頭痛を感じる。

「お昼、食べませんか」

玄関口で中原が風呂敷包みを有子に示した。

「あ、はい」

食欲はなかった。

「昨夜は何も口にしてないでしょう。なに大したもんじゃあない。家内が作ったにぎりめしです」

「奥様にまでご迷惑をおかけして」

中原夫人は、どんな人なんだろう。

「まずは腹ごしらえをしておかないと、これから大変ですから」

中原は風呂敷包みを有子に渡すと背中を向けた。

「あの中原さんは」

玄関を出ようとする中原に声をかけた。

「私は車に戻っています。警察がきたら分かりますから、すぐに駆けつけますよ」

と言うと外へ出ていった。

中原と一緒に食べるのなら、少しぐらいは口にしようと思ったのに。

有子はため息をつきリビングへ戻ると、風呂敷を解いた。二段のお重だった。きれいな色の卵焼きをつまんでみた。

京風のだし巻きの味がする。ほうれん草とシメジのソテー、豚の角煮とゴボウに壬生菜《みぶな》のお漬け物。一通り味見をしてみたが、どれも上品な薄味に仕上がっていた。塩分や糖分を抑えていながら、出汁《だし》の風味を上手く使って味を調《ととの》えてあった。

料理上手か。

料理の味だけで、中原の奥さんがとてもいい人だと思えた。

ひょっとしたら中原は、有子ひとりの家に上がることを避けたのかもしれない。奥さんを大事に思っているんだ。

食べないと奥さんに悪いと思ったが、食欲は湧いてこなかった。

お重から皿へ移し、ラップをすると冷蔵庫にしまう。そしてお重は洗剤で洗い、水切りかごに伏せた。

4

リビングには平川と、もう一人、金子と名乗る若い刑事が座った。約束通り中原が同席してくれていた。

「凶器は刃渡り十五センチほどの片刃、包丁のようなものです。刺し傷の角度などから、おそらく左手に凶器を持っていた、つまり犯人は左利きではないかと思われます。いかがです、お父さんの周辺で左利きと聞いて思い浮かぶ人間、いませんか」

挨拶を済ませると、すぐに平川が訊いた。

「ちょっと待ってください」

中原が口を挟んだ。

「端《はな》から怨恨だと?」

と尋ねる中原の横顔を見て、前の二人よりも刑事らしいと感じた。

二人の刑事はがっしりした体軀《たいく》だったが、中原に比べると線が細く映る。堂々とした中原の態度は、頼りがいがあった。

「むろん物盗りも視野に入れてはいます。しかし、所持されていた財布の中に、五万円弱ありましてね」

「五万円」

声を上げてしまった。

父は警備中に落とした経験があって、それ以後一万円以上のお金を持たないようにしていた。

　有子がそう言うと平川が、

「では、何か使い道があったんですかね」

　と首をかしげた。

「例えば、人と会う約束があったとか」

「そんなこと、聞いてません」

「お嬢さんに告げずに、誰かと約束したのかもしれませんからね」

「でも父は、遅くなるとき必ず連絡をくれます。特に誰に会うか言わなくても、私が夕飯を作って待っているのを知ってますから」

「中原さんは、五万円についてどう思います。会社で金銭のやり取りが行われることがあるんですか」

「金銭の貸し借りなどは厳しく戒《いまし》めています。人間関係を壊す元だと」

「では五万円は、お父さんがご自分で用意されていたものと考えていいんですね」

　平川が、中原から有子へ目線を移す。

「何に使うつもりだったのかな」

　そう言いながら母への送金が頭を過《よぎ》ったが、有子は口にしなかった。

父が有子に黙ってお金を用意する相手は、母しかいない。

まさか母が――。

いくら何でも突飛な考えだ。別居中の妻が、お金を用意した夫を刺すなんて。

そう思えるのは自分が家族だからだ。警察は可能性のあることは追及するにちがいない。

母があの高校時代の同級生の夫だという男性と、一緒にいたとしたらどうだ。当然、父と会うことを面白く思わないだろう。

有子はその男の利き手がどっちだったのかを思い出そうとした。しかし彼に関することは、何も記憶していなかった。

嫌な想像で頭の中がいっぱいになると、さらに頭痛が酷《ひど》くなってきた。

「生田さん、何か思い出しましたか」

「いえ。父は人から恨みを買う人じゃありません」

「それでは日記や手帳、交友関係を記した住所録なんかがあれば、お借りしたいのですが」

「いまはちょっと。今日整理して用意しておきます」

「分かりました。ところでお母さんについてなんですがね」

触れて欲しくないことだった。

「所轄交番の巡査が把握しているのは、かなり前から別居状態だということですが、それで間違いないですか」

「そうです」

目を伏せて返事をした。

頭痛が芯からこめかみへと広がり、痛みの拍動が激しくなる。

「お母さんに連絡は？」

「それが……」

「まだされていないのですね」

平川が有子の顔を覗き込む。

「あの、少し気分が」

そう言うのが精一杯だった。

「顔色がよくないですね。平川さん、昨夜の今日だ。お嬢さんは、ほとんど休めていない。生田さんの交友録などを整理した後、日を改めて話をするというのでどうですか」

中原の言葉はありがたかった。

「確かに、顔色が優れませんね。分かりました。そうしましょうか」

「ありがとう」

中原が頭を下げるのと一緒に、有子も小声で謝った。

「生田さんはいつ帰宅できますか」

有子が気になっていることを中原が訊いた。

「そうですね。できれば今晩」

「では明日が通夜になるか」

中原は、もし親戚関係に許してもらえるなら、通夜も葬儀も会社に任せて欲しいと言った。

「助かります」

親戚とは母が家出をしてから上手くいっていなかった。ましてや殺人となれば、大揉めになるにちがいない。

万事社葬の形をとってもらった方が有子にとってありがたかった。

「では我々はこれで」

「無理を言いましたが、お嬢さんの心中を察して欲しい」

再度、中原が会釈をした。

「分かりました。まあ兵庫県警で伝説の刑事だった中原さんがついていらっしゃるんですから、言う通りにしますよ」

平川はそう言って立ち上がった。

「そんなんじゃ、ない」

中原が真顔になるのが分かった。

伝説の刑事。

それは中原にとって、触れられたくないことなのかもしれない。

「では失礼します。携帯などの持ち物はご遺体と一緒に届けますんで」

二人の刑事が玄関へと向かった。

「中原さん、すみません。せっかく時間を割いてくださったのに」

玄関のドアが閉まる音を聞いて、有子は謝った。

「そんなことは心配いりません。とにかく横になってください。そうだ、しばらく家内をよこしましょう」

「そんなこと」

両手で断った。

「いいんですよ。お嬢さんの身体が心配だ」

「でも、せっかくの連休に奥さんまで」

「会社を始めてから、ゴールデンウィークなんてありませんから」

「けど、悪いです」

本心は誰か側にいて欲しかった。内気な性格の有子は見ず知らずの人がいると気を使って、かえって落ち着かないが、いまは信用できる人なら誰でもよかった。

父の無言の帰宅、通夜、葬儀と考えるだけで、胃の辺りが気持ち悪くなるのだ。

「家内は楽天家で、気の利かないところがありますが、年の功で、お嬢さんの役に立つと思いますよ。葬儀の経験もあるしね」

中原は携帯電話を取り出し、短縮ボタンを押した。事情を簡単に説明してこの家の住所を告げた。

「四十分ほどでここに着きます」

「ご迷惑をおかけします」

「今晩生田さんがお戻りになります。それからがまたいろいろ大変ですから」

「はい」

「お部屋で休んでください。家内が着いたら、私は社へ帰りますから」

「ではお言葉に甘えて。あの、中原さん」

「何ですか」

「父から、母のことは？」

中原は両親のことをどこまで知っているのだろうか。

「お嬢さんが九つのときに家を出た、ということぐらいしか聞いてません。夫婦にしか分からないことがあるので、それ以上はこちらも訊きませんでした。お嬢さんはお母さんが事件に関わっているかもしれない、と懸念してるんでしょう？」

「私は母の居場所も知りません。が父はいまでも私に内緒で、母へお金を都合しているようなんです。だから、五万円も母のために」

口に出してしまうと、少し気持ちが楽になる気がした。

「肝臓から膵臓へ向けての傷だと病院で言ってました。おそらく面と向かって一気に刺したのだと想像できます。お父さんは居合道をやっていて、日本刀の本身《ほんみ》を見慣れている。少々の刃物では驚かんでしょう。にもかかわらず面と向かって刺された。顔見知りで、油断する相手だったのかもしれません。警察はそう考えている」

「じゃあ、やっぱり母が」

「左利きではないんでしょう？」

「少なくとも私が覚えている母は右利きでした。でも」

「左利きを矯正されている場合がありますからね」

「いえ、そうではなく。母が家出をした原因の……」

有子は言葉を飲んだ。

「お母さんに関わる男性が、とお考えですか」

「父に危害を加えるような人、他に思いつきません」

「そうですね。調べてみる必要はありますね」

中原は否定しなかった。

母がとてつもなく不潔な存在に思え、吐き気をもよおしてきた。

「いずれにしても、憶測の域を出ない。まずはお嬢さんの体力を回復することです。それからお母さんの居所を探しましょう。お父さんが亡くなったことを知らせるために」

中原の携帯電話が鳴った。

「先ほどは、どうも」

中原の話し方で、いま別れたばかりの平川だと思った。

「ええ、連休中は明日、二十九日と三十日だけ生田さんは休みです。間違いありません。じゃあ、代わりましょう」

中原が電話を耳から外し、有子に顔を向けた。

「平川さんです」

有子は中原の携帯を手にした。

「お電話代わりました、生田です」

「こちらで預かっています、お父さんの携帯電話にNツアーズという旅行代理店から電話がありましてね」

平川の声が頭の芯に響いた。

「明日二十九日から一泊、小豆島《しょうどしま》のホテル・オリーブへ予約を入れてるんですが、ご存じでしたか」

「聞いてません」

一泊旅行だなんて、まったく知らない。

「その代金が四万二〇〇〇円で、宿泊クーポンの受け取りが昨日だったそうなんです」

「五万円はその代金？」

「そのようですね。受け取りにこないので、お父さんの携帯に電話をよこしたんです。旅行者は二人、デラックスツインを予約してるんですがね」

父は誰かと旅行に出るつもりだった。

耳鳴りがして、その後の平川の言葉が聞こえなかった。

「お嬢さん、どうしたんです」

中原の声で、有子は我に返った。

第二章　疑　念

1

四月二十九日　水曜日

眩《まぶ》しい光に有子は目を開いた。そこには見慣れた天井があった。

首を回すと、エンボスの壁紙に張ってある栄養バランス表、短大に講演にきた際に貰った女性料理研究家のサイン色紙、本棚の食材大辞典、すべて揃っているのが見渡せた。

間違いなく有子の部屋だった。

机の上の目覚まし時計の針が、午前九時半過ぎを指していた。十八時間近くも眠っていたことになる。

目の奥とこめかみ辺りに痛みが残っていた。身体はだるく手足も重い。

もう一度目を閉じ、ゆっくり深呼吸を繰り返す。すると、階下の台所から水道の音が聞こえてきた。

そうだ、中原さんの奥さん。

昨日の夜、中原夫人、珠乃《たまの》が家にきてくれ、頭痛薬と精神を安定させる漢方薬を飲ませてくれたのだった。

それが効いたのか、それとも珠乃が側にいる安心感なのか、深く眠ったようだ。家に自分以外の女手がある。そのことがこれほど気を楽にするものなのか。とにかく、いまは誰が訪ねてきても、応対に出なくてもいいのだ。そう思うと、気が緩んで再び眠りに落ちそうだ。

有子は慌てて目を開け、身体を起こした。

珠乃と顔を合わせ、挨拶を交わしたことは何となく覚えているが、その後のことはよく分からない。

お弁当のお礼などを言った覚えもないし、食べずに冷蔵庫にしまったのを、知られたかもしれない。

どういう風に声をかけよう。小学生なら、パジャマのまま寝ぼけ眼《まなこ》で居間へ下りていけば、それでいいのだろう。

よく寝てたなぁ。早う顔洗いなさい。

母の声を思い出す。朝はいつも甲高い声で急《せ》かすのだ。

パジャマ？

有子は布団をめくり、自分の服装を確認した。いつも着ている薄いブルーのパジャマだ。着替えた記憶はない。

まさかこれも奥さんが。

これほど自分の記憶が曖昧になったことは、これまでもない。いったい何だったのだろう。

きっと父の死から逃げようとしているのだ。いやな現実を見たくないから。

わざと冷静な分析をして正気を取り戻そうとしたとき、人が階段を上がってくる気配がした。

「有子さん。起きた？」

ドアの外から、ゆったりした独特のイントネーションが聞こえた。珠乃にちがいない。

「すみません。すっかり眠ってしまって」

ベッドから立ち上がりながら応えた。

「もっと休んでてもええのやけど。十一時にお父さんが帰ってきはるんです」

「すぐ着替えて下ります」

「堪忍《かんにん》ね、急かして」

珠乃の話し方では急かされた気にはならなかった。

階段を下りていく足音が遠ざかる。

有子はクローゼットから、余所《よそ》行きのワンピースを取り出して着た。

リビングに行くと、テーブルに鰯《いわし》のみりん干しをあぶったもの、揚げと春菊のおひたし、お味噌汁が用意されていた。

母がいた小学生の頃に戻ったような錯覚をおぼえる。料理が得意な母だった。

母のことを考えると、五万円、旅行、二人、デラックスツインと、そんな言葉が脳裏に浮かんできた。

有子は洗面所へ走り、水で顔を洗う。いまは何も考えたくなかった。

お父ちゃんを見送らんとあかんのやから。

「台所、勝手に使わせてもろて、ごめんなさい」

珠乃が背後から声をかけてきた。

「いえ、こちらこそ申し訳ありません」

「いいえぇ。ほなお口に合うか分かりませんけど、お腹にごはん入れましょか」

「本当に何もかも、すみません」

有子は薬や、着替えなどの世話になった礼を言い、貰ったお弁当に手を付けなかったのは、体調が優れなかったからだと説明した。

「そんなん、気にせんでええのに」

珠乃は目を細めた。

張りのある肌で均整がとれた身体の珠乃は、有子の知る短大生よりも元気に映る。背丈は有子の方が高いが、自信の表れなのか、小さくは見えない。

「昨夜帰ってもらう手筈やったけど、遅なってすんませんって、垂水署の平川さんから電話もらいました」

テーブルに着くと、珠乃がご飯をよそいながら有子に話した。

「そうですか。でも、解剖なんて本当はいやなんです」

ほとんどの人が病院で亡くなるのだろうが、解剖するなんて滅多に聞くことではない。その特別なことが自分の父親の身の上で起こった。その事実に嫌気がさしてくる。殺人という特殊事情に遭遇したことも、泣きたくなるほど恨めしい。何に対して恨めしいのか、自分でも分からない。ただ単純に犯人への怒りだけでもない。こんな目に遭わなければならない自分が情けない、という気持ちが大きくなっていく。

「そらいややね。可哀想ですもんね」

珠乃は、自分が切られたかのように痛そうな顔をした。

「お医者さん、大嫌いでしたから」

「男の人はみんな、お医者嫌い」

「中原さんも嫌いなんですか」

「基本的に怖がりなんよ」

ジャスティス警備保障をする前は、公務員だったため定期健診で健康管理はできていた。しかし会社を興してから三年間は無茶苦茶な生活が続いたらしい。それを教訓に、現在ジャスティス警備保障では大手の健診施設と提携して健康管理に力を注いでいる。その年に一度の健診も、中原は何やかや理由を見つけて先送りにする、と珠乃は嘆いた。

「健診を受けてくれたら、今度は結果が出るまでが大変なん。何や、そわそわしてしもて」

「健康に問題でもあるんですか」

「ううん。一回血液検査で引っかかっただけ。お医者さんに、お酒を控えるよう言われたもんやから」

「うちのお父さん、血圧が高くて。ちょっとでも血圧が下がるんやったらと、いろいろ試してるんですけどね。そう劇的には改善されないです。健診の結果見ては、こんなに神経使《つこ》てるのに、何でやって首捻《ひね》ってばっかり」

　父の健診結果は、全部有子が保管している。栄養士としてのアプローチで、どう変化するのかをレポートとして提出する、というのが表向きの理由だ。実際は、高血圧のリスクを早めに感知したかった。

　いくら健康管理をしていても、刃物で刺されたら何もならない。やってきたことすべてが水の泡だ。

「有子さんはお父さん思いやね……」

　珠乃が顔をそらし、目頭を押さえていた。

「私がいないと、何もできなかったから。自分では何でもできるって言い張ってましたけど」

　それは、母がいなくなった当初の、有子自身のことでもある。

「お母さんとはいくつのときに？　ああ食べてね」

「九つのときです」

有子は味噌汁を飲んだ。

煮干しの出汁が利いて美味しい。具は豆腐とわかめ。シンプルながら、それぞれの素材の味がしっかりと分かる。薄味なだけに、余計素材のうま味が引き立っていた。このお味噌汁なら、いつも薄いと文句を言っていた父も喜んで飲んでくれるにちがいない。

出汁の取り方を、珠乃に訊こうかと思ったが、次の瞬間、その必要がなくなったことに気づく。

「それは大変やったね。九つからずっと、お父さんの面倒、見てきはったんや」

「そんな、たいそうなことでもないんですけど。家のことする人がいなかったから、仕方なくって感じです」

「それでも、なかなかできることとちゃうえ」

珠乃の前にあるのは、彼女が持ってきた水筒だ。

「あの、奥さんお食事は？」

「珠乃って呼んでください。私はええの。冷蔵庫のおにぎりよばれてしもたから。堪忍え、有子さんに持ってきたのに」

ちょこんと頭を下げる珠乃の姿は、可愛らしかった。

「そや、準備をしないと。有子さん、お父さんの友人関係、元の会社で親しかった人、分かる？」

通夜、告別式の準備をしなければならない。

「父の手帳とか、住所録を見てみます」

「それがあったら、後は私に任せて。有子さんは、親戚関係に連絡してね」

「……はい」

「どうしたの？」

「祖父母はすでに他界してます。親戚とは……」

少し間を置いてから、有子は喋った。

「父には二人の妹、私にとって叔母がいますが、交流はほとんどありません。大阪と岡山に住んでます。女兄弟は家庭を持つと疎遠になるって、よく父がこぼしてました。母が出て行ったことを知ったとき、何度か訪ねてきたんですが、いろいろ言われて……」

「お父さんが、妹さんらから小言を」

「そうです。そのときの印象があって、叔母たちを好きにはなれなかったんです」

「でも、連絡しない訳にはいかへんね」

「それは、そうですね」

素直に返事ができなかった。

人が悪いのではないだろうが、だから言わんこっちゃない、という態度で見られるのが不快なのだ。

母がいなくなったと聞きつけた日曜日、二人の叔母は一緒にやってきて、あれやこれやと母のことを中傷した。だから反対したのに、言わんこっちゃないを連発し、知らないくせに母を軽率な人間だと罵《ののし》った。父は何度も、有子の前だから、と窘《たしな》めたが二人は気にも留めなかった。むしろ有子に聞かせたいのかと思うほどの大きな声で話した。

あのときの叔母たちの目に、有子は哀れみに似たものを感じた。

「分かった。みんな、私に任せてもらえますか」

「いいんでしょうか」

「なまじ血が繋がってるといろいろ考えてしまうんやわ。その点、うちはお父さんの職場の人間やから、何とでもできるし」

珠乃は話し方からは想像できないほど、ぐいぐいと人を引っ張る感じがした。

中原と二人で会社を切り盛りしているのが、よく分かる。

「ちょっと、待ってね」

珠乃は食器棚からコーヒーカップを二組取り出し、目の前の水筒から何かを注ぐ。

「はい、これ食後の健康茶。ちょっと癖はあるけど、意外に飲めるえ。ウコンとか霊芝《れいし》とかぎょうさん入ってるのん」

「免疫力を高めるんですね」

「ああそうか。有子さん栄養士さんになる勉強してはるんやったね。これは釈迦《しやか》に説法やわ」

珠乃が健康茶を手渡してくれた。

「そんなことないです」

口に運ぶ前に、土臭い匂いが鼻に届いた。だが飲んでみると、意外にさっぱりして、彼女の言う通り美味しいとは思えないが不味《まず》くもなかった。

「あとはお母さんの方やね」

真顔になって珠乃が言った。

「母の居所は、まったく」

「お母さんの親戚とは？」

「駆け落ちしたので……」

「絶縁状態なんやね。何とかお母さんご本人に知らせてあげたいなぁ」

「母に、ですか」

一番難しいことを、珠乃は口にする。

「だって、最後のお別れぐらいさせてあげんとねぇ」

しみじみとした言い方をした。

「父は母を忘れられなかったようですけど、母は、どうなのか。自分から家を出たんだし、母はお別れなんて、したくないのかも」

小豆島の一泊旅行を予約していたことが頭にあった。父が母を誘ったのではないか。母は嫌がって、断るために、あの日一緒に家出した男性に頼み、父と揉め——。

悪い想像は、際限なく広げることができるのが、有子の子供の頃からの癖だった。

プラス思考を心がけてはいるが、生来の性格がすぐに現れる。友人のやよいに言わせれば、心配性にチョーがつく。ただその性格のお陰で、栄養調理実習のレシピの分量に狂いが出ない、と重宝がってもいる。

しかし有子も、好んで心配性になった訳ではない。母の代わりを務めるのに失敗したくなかったからだ。炊事も洗濯も本で学び、その通りにすることに懸命だった。

少しでも我流にすると、決まって不味い食事になったし、洗濯機が不気味な音を出した。

　物事を始める際、常に失敗をした場面を思い浮かべてしまう。そしてその場面が現実のものにならなかったことで、安心した。

　だから有子には、百点満点はありえない。手放しで喜ぶことがなかった。どこかに失敗がないかと探して、それが思った以上に酷くないことが小さな喜びだった。

「それは有子さんが考えることとは、違うんやない」

「私が考えることじゃない？」

「そう。私らがやれるのは事実を伝えることだけ。それが出来なかったらしょうがないけど」

「はあ」

　珠乃の言うことが一瞬見えなかった。あっけらかんとしていられるのは、やはり他人事だからか。

「誤解せんといてね。人っていつも本当のことを言うとは限らへんと私は思うんです」

「嘘をつくってことですか？」

「いいえ、嘘とは違います。例えば、宵越しのお金は持たない、なんて言う人が、本当は十円でも安い買い物をして嬉しいと思うようなことってあるでしょう。一見矛盾してるけど、両方とも持ち合わせてるのが人間なんやと思います。とくに夫婦のことは分からへん」

「でも母は父を裏切って出て行ったんですよ」

「その辺の事情は、分からんさかい、私らはお知らせだけしときましょ。そこまで気を回したら、しんどいだけです」

「連絡先、探してみます」

気を回したらしんどいだけ。その言葉が、有子に染みた。

「そや、有子さん。お父さんの交友関係はとくに大事になってくると思います」

「大事っていうのは？」

「お父さんを殺《あや》めた人を、探すためにね。たぶん刑事さんからも見せてって言われると思うえ」

珠乃が健康茶を有子のカップに注ぎ入れた。

平川がそんなことを言っていた気がする。

やっぱりお父ちゃんは殺されたんだ、と改めて有子は思った。

病院から葬祭業者の車に乗って、父は帰ってきた。居間の奥にある八畳の和室で眠ってもらう。

ものの三十分ほどで、祭壇などが設置され、まったく違う部屋に変貌した。

珠乃が業者と打ち合わせをする間に、有子は父の部屋で住所録などを見ることにした。

なにより、父の白装束姿を見たくなかった。生き返らないことは分かっているが、あの白い着物姿には、有無を言わせぬ拒絶を感じさせる。父の棺が祭壇に安置されるところを避けるように、廊下に出て父の書斎に逃げ込んだのだった。

普段、掃除をするときに書斎へは入るが、書棚に並ぶ本や書類の中身を見たことはなかった。家族であっても、プライバシーはきちんと守るのが生田家のルールだったのだ。

その傾向は、母がいなくなっていっそう強くなった。何かにつけ、母の居場所を尋ねる有子への牽制《けんせい》でもあったのではないか。短大生になった頃から、有子はそんな解釈をしていた。裏を返せば、それだけ父にとって、娘から母親の居場所についてあれこれ訊かれるのがいやだったということになる。

夫婦のことは分からない。

有子は、珠乃の言葉を心の中でつぶやいていた。

文机《ふづくえ》の前の座椅子に座った。左右を鉄製のブックエンドで立たせてある書籍に混じって、背表紙に住所録と備忘録と書かれたものを見つけた。

住所録は、毎年年賀状などを送る際に父が確認しているもので、有子にも見覚えがあった。

パソコンの住所管理ソフトを使っているが、毎年住所変更などを反映させた最新データをプリントアウトし、住所録にファイリングしていた。

中を開くと、最新のものが二〇〇九年版となっているから、これを珠乃に渡せばいい。

元いた電気機器メーカー、学友、近所、ジャスティス関係、その他と分類されていた。

その他の欄に、叔母たちの住所があり、その下に赤座《あかざ》という文字を見つけた。

赤座は母の旧姓だ。赤座姓の住所は四件、すべて岐阜県内のものだった。一番下に、住所はあるが名前のないものがあった。

赤座の親戚と同じ場所に分類されているところを見ると、母方の関係者なのだろう。でも、名前がないのは住所録として何だかおかしい。必ずフルネームで思い出せる人物。

住所を見て引っかかりを覚えた。宮城県仙台市になっていたのだ。遠い、という印象と、父が若いとき、会社の仙台工場に何年間か赴任していたと聞いたことがあったからだ。

もし赴任したときの友人などであったのなら、その他ではなく会社関係に分類されるべきだ。

もしや、母の居場所ではないか、と住所を見返した。仙台市宮城野区東仙台二丁目イーストタウン五〇五。それだけしかなく、電話番号がなかった。

これでは電話をかけて確かめることもできない。パソコンの元データも見てみようと、右横にあるパソコンデスクに座り直し、デスクトップパソコンの電源を入れた。

コンピュータが起動するまでの間、備忘録を開く。日記代わりにしていたようで、何か気になることがあった日は、自分の気持ちまでそこに書き込んでいる。

一ページ目は今年のお正月に書かれたものだ。

二〇〇九年の目標。

一、有子短大卒業のとき、神戸第一食品への就職。もしくは四年制への編入。
一、麗子《れいこ》との再会を果たす。
一、中原さんへの恩返し。
一、居合道の上達、昇段審査合格。

神戸第一食品の商品開発部への就職は、有子の夢でもあった。競争率は毎年七、八十倍という難関だ。

ただそのことを父に言った覚えはなかった。テレビコマーシャルが流れているときに、ここのレトルト食品は真面目なのよ、と漏らしたことがあった。美味しいではなく、真面目だという言い方が珍しいと笑っていた。それで、有子が就職したい会社だと、気づいたのだろうか。

でも、どうして自分のことが一番最後なの。

有子は、父の控えめな性格に悪態をつきながら、込み上げてくる愛おしさに胸が痛くなった。

もう枯れてしまったと思っていた涙が、またあふれ出てきた。

それに麗子との再会ってなに？　やっぱりまだ母のことを――。十年以上も前に、自分を裏切ったのに。

　仙台市宮城野区東仙台の住所に、もう一度目を落とす。

　ここにお母ちゃんがいるの？

　有子は逸《はや》る気持ちを抑えながら、起動したパソコン画面の住所管理ソフトを覗いた。

だがプリントアウトしたものと同じで、住所はあるが名無しだった。

　有子は母の旧姓、赤座麗子で検索をかけてみた。

　何もヒットしなかった。検索ワードを、麗子のみに変えてみたが、結果は同じだった。

　メールソフトを立ち上げた。携帯電話を持ちたがらない父の電子メールは、パソコンでしかやり取りできない。中原から貸与される携帯電話は、会社が集中管理をするために仕方なく持っているがやっぱり好きではない、とぼやいていた。

　だから有子も、その携帯番号を聞き出すのに苦労した。仕事以外には使わない、と心に決めていたのだ。

　緊急連絡以外絶対にしない約束で教えてもらったが、あの夜胸騒ぎを感じたとき、なぜ携帯に電話をしなかったのかと後悔する。

　刺される前に有子と話していたら、ひょっとしたら死んではいないかもしれない。

あれ？

有子は、平川からの電話で、父の携帯にNツアーズから着信があったと聞いたことを思い出した。

私用には使わないはずの携帯電話を、誰かとの一泊旅行のためには使用した。

父はよく自分でルールを作った。そのルールを頑《かたく》なに守ろうとする意固地なところがある。

それを破ってまでも、行く必要があった旅行だということだ。

母との再会。もう、それしか考えられなくなってきた。そしてそれを阻む男が、父を刺した。

あのときの男が、有子から母も父も奪ったのか。

なぜ、どうして。

あの男に有子が何をしたというのだ。一緒に食事をしなかったからか。常に父の味方だったからなのか。

それでも望み通り、母を奪い去ったではないか。その上、なぜ父の命まで。

有子にとってあの男は、鬼、悪魔、いやそれ以上悪い存在だ。そんな人間と家を出た母親も許せない。

有子は押し入れの中から、古い書類をしまった収納ケースを引っ張り出した。何年間かの備忘録がとってあったはずだ。

会社にいたときの、業務日報みたいなものも残っている。その下に一番古いもので、五年前の備忘録があった。

それらの年頭の目標が見たかった。

毎年三、四項目が目標として掲げられていた。

いつも一番目は有子に関することだ。受験にあたる年は無事合格を願っていたし、それ以外の年では健康で元気にとか、笑顔で一年過ごせるようにというものだ。三番目はお世話になった人に関することで、やはり最後が父自身の願いや目標となっている。

そして問題の二番目に、母の健康や幸せを願う言葉が書かれていた。

けれども「再会」などという文言は、今年初めて登場している。つまり母との間で、再会するかもしれないと、具体的な話になっているのではないか。

有子に内緒で、父が母と連絡を取り合っていたかもしれない事実は、不快だ。

大きく息を吐き出し、さらにケースの中を見ると、奥の方に古い手帳があった。

その巻末にはアドレス欄がついている。手帳は三年分しかなかったがそれらすべてのアドレス欄に、氏名のない仙台の住所が記載されていた。

父は少なくとも三年前から、この住所を知っていたことになる。住所を毎年更新している父が、そのままにしているのは、必要であるということだ。

なのに名前は、載せていない。

有子の中で膨らみかけた疑念が、そのカサを増していく。

これは母に関する住所にちがいない。

有子は、このことを珠乃に話すべきか迷った。

2

珠乃の対応は早かった。有子の渡した住所録を見ながら片っ端から電話をかけた。

丁寧な言葉遣いながら、非常に短く訃報を告げていく。会社関係には総務部などの通信網を使い、合理的に連絡していく一方、叔母や赤座家などには社葬であることを説明し、本来有子が知らせるべきところを自分が代わって連絡していることを説明してくれた。

「有子さん」

リビングテーブルもみな物置にしまい、台所で電話をかけていた珠乃が、手持ち無沙汰で対面キッチンの丸椅子に座っている有子に声をかけた。

「あ、はい。すみません、何もかもしてもらってるのに、ぼうっとしてて」

「そんなことええの。それより有子さんのお友達へは知らせんでもええんかと思て」

「そうですよね。私、どうかしてます」

友人に父の死を知らせることなど、ゴールデンウィーク中の休暇だから、してはいけないという気分になっていた。迷惑をかけてはいけないと思ったのだ。いまからでも緊急連絡網を使おう。

「すぐに連絡します」

「今晩のお通夜は無理でも、明日の告別式に参列してもらえたら、ね」

珠乃は優しい口調だった。

「連絡してきます」

有子が立ち上がると、珠乃が、

「喪服あります？」

と聞いた。

「母のがあります」

「サイズは合う？」

「着たことないんですが、たぶん合うんじゃないかと思うんですけど」

「もし合わへんかったら、言うてね。有子さんは私より背丈は高いけど、九号でいけると思て、用意してきてるさかい」

「ありがとうございます」

有子は、キッチンの隅に置いている珠乃のボストンバッグを見た。随分荷物が多いと思っていたが、有子の喪服まで用意していたとは思ってもいなかった。

有子は二階へ上がり、自分の部屋に入った。

机に座り携帯を取り出すと、連絡網の一番目の秋山さんの番号を押した。

それぞれ休日を楽しんでいるのに、水を差してしまうことに、まだ気が引ける。旅行の誘いには乗ってこないわ、訃報を連絡してくるわ、最悪の同級生だろう。

秋山の父親が出た。

有子が父が急逝《きゅうせい》したことを伝えると、彼はすぐに葬儀の場所と時間を訊いてきた。そして、

「気を落とさないようにね。それから後で疲れが出るから、気をつけるんだよ」

と電話を切る前に言った。

会ったことのない秋山の父の言葉に有子は声が詰まって、礼も言えずに電話を切った。

有子は高校生のときから避けていた母の部屋へ入った。化粧品の匂いが充満している。

母の匂いだ。

クローゼットの引き戸を開けると、すでに有効期限切れの防虫剤とともに、派手な柄の洋服が現れた。持ち服の多くが寒色系の有子のクローゼットとは、まるで対照的だ。

二列に吊り下げられた洋服の、背面の端に漆黒の服地が見えた。

鏡台のカバーをめくり上げ、取り出した喪服に袖を通してみる。

悔しいが、あつらえたようにぴったり合う。鏡の前に座り、母の化粧品で顔を作った。

鏡の中の自分は、ドキッとするほど母に似ていた。食卓で、ごくたまに父が「おい」と言いかけて言葉を濁すことがあったが、それは母の面影に声をかけていたのかもしれない。

そんな風に思うと、鏡に映った顔が憎らしくなった。友達に、有子を誘っても無駄よね、と思わせてまで家の仕事をこなしてきたのに、父は自分ではなく母を見ていたなんて。

小さな鼻も薄い唇も、大きな目も間違いなく母譲りの顔に吐息をつき、有子は鏡台の椅子から立ち上がった。

階段を降り、キッチンに戻ると電話が鳴った。短大の先生や学生課、就職部の職員たちからお悔やみと心配の電話が、何本か続く。

ほんの少し間があって、再び電話のベルが鳴った。

「有子ちゃん、どういうことなん?……」

高島やよいの母からだ。彼女は、すでに涙声だった。

「おばさん。お父ちゃん死んでしもた……」

言葉に出した瞬間、有子も泣いてしまった。嗚咽《おえつ》で話せない。

「やよい、旅行に行ってて、てっきり有子ちゃんも一緒やと思い込んでたんよ。ほんまにこんなときに、堪忍してね」

「そんなこと……何とも思ってません」

「おばちゃん、これから支度したらそっちへ伺うよって、何かいるもんあるか。遠慮せんと言うてな」

「おばさん、ありがとう。けど、お父さんの会社の人が全部やってくれてはるんで」

「そうか。とにかく手伝いに行かせてもらうわ。気ぃしっかりな」

やよいの母は声を震わせながらも、力を込めて言った。

電話を切ってからも、涙が止まらなかった。

「有子さんはみんなに好かれてるんやね。お父さんかて誰からも恨まれるような人やなかった。何かの間違いやと思うわ」

そう言いながら、珠乃がハンカチを差し出した。

「…………」

有子は珠乃に抱きついた。肩口に顔を付けて、目をつぶると涙があふれ出た。服を汚さないように、珠乃のハンカチで拭おうとした。

けれど珠乃がぐいっと有子を抱き寄せたため、彼女の肩は濡れた。

「かまへんさかい、泣きよし」

「珠乃さん」

声を上げて泣いた。そして有子は目を閉じた。珠乃から漂うお香のような匂いの中で、ずっと泣いていたかった。

3

五月一日　金曜日

通夜も告別式も、またたく間に終わった。

午後九時過ぎ、叔母たち家族が帰っていった。玄関を出るまで、まるで母と結婚したことが事件の原因であるかのように言い続けていた。挙げ句、この家は生田家のもので、父だけのものではない、などと言い出す。

仲が良くない兄妹だとは思っていたが、葬儀の夜に家や土地の話を持ち出されるとは想像もしていなかった。

想像していないことはもう一つあった。女子高校生の従姉妹《いとこ》が、葬儀の最中大粒の涙を流していたことだ。従姉妹と父が接した時間など、それほどなかったはずなのに、彼女にとって父は、いなくなると悲しい親戚だったと知った。

この二日間、大勢の人が参列してくれた。父が以前勤めていた会社では、運動会やレクリエーションが行われていた時期がある。中学生の頃有子も参加し、顔を合わせた人もいるはずなのだ。母のいないのを気遣って、何かと世話をやいてくれた夫妻もいた。

にもかかわらず誰の名前も思い出せないほど、有子の心は傷んでいた。きちんと挨拶をしたはずなのに、火葬場で骨になった父を見たときから、すべてが幻に感じられた。

もう面影などまったくなくなった父の姿を目にしながら、幼いときには大きく見えた父の背中が、ふいに瞼《まぶた》に浮かんだ。

阪神淡路大震災の前年の夏、須磨海岸で初めての海水浴をした。遠浅の海岸で手を引かれた帰り道に、歩けないと駄々をこねた。

母はもう五つになるのだから歩け、と言ったが、父はしゃがんで大きな背中を有子に向けた。

潮と父の汗の匂いと、歩く度に心地よく伝わる振動。肩に耳をつければ、父の身体の中を伝って、心臓の鼓動と草履が砂を擦る音が聞こえてくる。

寝たふりをしていると、有子にかまわず母と父が何かを話し出す。

有子の耳に届くのは、いつも聞く父の声ではなかった。さっきまで浸かっていた海に潜って聞くような、低い声だった。

話の内容など分からない。けれど時折、有子と聞こえてくる。

耳をさらに強く父に押し当て、何回有子という言葉が出てくるのか数えようとしているうちに本当に眠ってしまった。気づくと家のソファーの上で、タオルケットが掛けられていた。

真っ白い骨になってしまった父を見て、どうしてあの夏の日を思い出したのだろう。何がどう繫がったのかは分からないが、体内を巡って聞こえてきた父の声も、潮と汗の匂いもはっきりと蘇ってきた。

膝が震えて血の気が引いた瞬間、珠乃が有子の腰に手を添えてくれた。

珠乃は、生田家の親戚から、外部の人間だからと火葬場に入ることを拒まれた。だが強引に有子の側についた。

「有子さん、深呼吸してみなさい」

珠乃の声が耳元でした。

珠乃がいなければ、有子は固い石の床に倒れていたにちがいない。彼女は、お骨を目にした際の有子の精神的な打撃を予測して、側にいてくれたのかもしれない。そんな風に思えるほど、珠乃は有子のことを優しく支えてくれていた。

お母ちゃんがいても、ここまで支えてくれへんかったやろ。

お母ちゃん、どこにいとうの？

知らせる術《すべ》がなく、父の亡くなったことを知らないから仕方ないという気持ちと、何か事件について知っているからこないのではないか、という思いが、頭の中をぐるぐる回る。目前の祭壇の傍らに飾られた走馬燈の陰影のように。

「疲れはったでしょう？　着替えてきて。おぶ入れるさかい」

珠乃が後ろから声をかけてきた。

「私、ちゃんとお礼言うてないですね。すみません珠乃さん。何もかもお世話になって……」

「一番辛いのは有子さんなんやから、いらん気ぃ使わんといてください。有子さんのお友達もそのご両親も、みんなよう手伝ってくれはった」

「でも、中原さんや珠乃さんがいはらへんかったら、私は何にもできんかったと思います。本当にありがとうございました。それにうちの親戚がいろいろ失礼なこと言ったと思うんですけど」

「そんなこと気にせんでええよ」

「赤座家の人、誰もきてくれませんでしたし」

「ご実家とは連絡とってはるかもしれへんと思って、お母さんに知らせたいから、もし知ってたら連絡先教えて欲しいって言うたんですけどね。あきませんでした」

「どんな感じでした？」

よく思っていないことは分かっている。

「そうやね、ああそうですかって、他人事のようでした。とにかく有子さん、はよ着替えて。一服しましょ」

珠乃は台所へ立った。

有子が茶を飲み、やっとものの味にも気持ちが向けられるようになって、美味しい一服だと思えたとき、平川と金子両刑事はやってきた。二人は家に上がると、一番に祭壇の前に正座した。焼香をして遺影に手を合わせる。

長く合掌している姿を見て、形だけの焼香ではないように思えた。

「お疲れのところすみませんね、お嬢さん」

彼らの背後に正座していた有子へ向き直って、平川が言った。

有子が黙って会釈して、うつむく。

「ご苦労様です」

珠乃が盆に載せた茶を運んできた。

「こちらは？」

平川が珠乃に目を遣りつつ、有子に尋ねた。

「私、中原の家内です」

「中原さんの奥さんですか。ジャスティス警備保障の女性が葬儀をすべて取り仕切っていたと聞いていたんですが、なるほどそうでしたか」

平川が葬儀の参列者に、いろいろ聞いているであろうことは容易に想像できた。

「強引やとか、一人で仕切ったはるとか言われてたんでしょうね。で、お嬢さんに何のご用です？」

珠乃はさらりと訊いた。

「確かめたいことがありましてね」

平川が有子を見た。

「お母さんのことです」

隣の金子が言った。

「母、のこと……」

有子は、父と母が別居しているとは言ったが、詳細には触れなかった。できるだけ行方不明であることは、警察に知らせたくない。そもそも母がいなくなった経緯など、小学三年生だった有子に分かるはずがないではないか。

むろん、当時からうすうす感じていることはある。しかし、それを口に出したくなかった。

「別居だとお聞きしてましたが、少し違うようですね」

親戚などの口から、母は失踪したのだと聞いていると平川は言った。

「失踪だなんて」

有子が声を上げた。

「違うんですか」

「私は子供だったから分かりませんが、父は母の居場所を知っていたようですから……」

確証などありはしない。継続的に母に金銭の援助をしていたと思うのは、あくまで有子の想像でしかなかった。

「ではなぜ、葬儀にもこられなかったんでしょう。あなたのお母さん、生田麗子さんは突然家を飛び出し、生田さんが懸命に居場所を探したが見当たらなかった。その後音信不通なんじゃないんですか。そのように聞いてますが」

平川が有子の表情を窺いながら言う。

「誰がどう言ったかは知りませんが、はじめから父と母の結婚を反対していた人たちの言うことですから……」

と言い放って、余計なことを口走ったと後悔した。

案の定、平川の眼光が鋭くなった気がする。

「ほう。お身内がご両親の結婚に反対していたんですか。お嬢さんがそれを知っているということは、どなたからかお聞きになったんですよね」

「それはそうですが、私、小さかったから……」

「小さかったお嬢さんに、そんなことを言った方がいるんですか」

「面と向かってじゃありません。けど、大人が話している雰囲気で、何となく伝わってくるじゃないですか」

「それは、いつのことですか」

「……ええと」

もう隠せない。

「母が出て行った後のことです」

喉が渇き、小さな声しか出なかった。

有子は、母が姿を消した直後、方々に連絡をとる父に意見するため訪れた、二人の叔母たちのことを話した。

「詳しい内容は覚えてませんが、だから反対したのに言わんこっちゃない、と二人口を揃えて言っていたんです」

「つまり生田さんとお母さんは、互いに同意した上での別居ではないんですね」

「母がいなくなったときの父の様子から、同意とは思えません」

「でも生田さんは、お母さんの居場所をご存じだったんですよね？」

平川の言い方は、念を押すという感じだ。

「いえ、そんな気がしただけで……。でも、やっぱり知らなかったんだと」

有子はうつむいた。

「ではなぜ生田さんは、家出人捜索願を提出しなかったんでしょう」

「父が、母は必ず帰ってくる、と信じていたからだと思います」

「信じていた。ううん、よく分からないですね」

平川が金子と顔を合わせ、首を捻った。

「お母さんが出て行った理由について、思い当たる節はありませんか。子供ながらに感じたことでいいですから」

「分かりません」

警察官を相手に、嘘をついてしまった。言いしれぬ罪悪感が胸を圧迫する。

一家庭のことだ。いくら警察官の問いであっても、何もかもすべてをさらけ出す必要はない。有子は自分にそう言い聞かせていた。

「そうですか。いやね、生田さんが予約していた小豆島のホテル・オリーブの宿泊プランには、いくつかオプションがありましてね。生田さんが選んだオプションが、タラソテラピーであることが分かったんですよ」

「タラソテラピー？」

「お嬢さんならご存じじゃないですか。このタラソテラピーというものを」

「海藻なんかを使ってリラックスさせるものですよね。でも詳しくは知りません」

タラソテラピーが、海水、海藻などを使う自然療法のことだと雑誌で読んだ知識しかない。

「このホテルでは、美容エステに特化しているんだそうです」

「えっ、美容」

父とはあまりに懸け離れた言葉だ。

「それを聞きましてね、女性のために、と考えたんです。それで別居中の奥さんを。しかし親戚の方から、行方不明と伺いました。事実を知りたいと思ったんで、お嬢さんに確かめにきたという訳です」

「…………」

「お父さんが、どなたか女性と小豆島へ出かけようとされていたことは間違いないでしょう。しかし二十九日に宿泊するはずだった生田さんは、ホテルを訪れていない。同行するはずの相手は、おかしいと思うでしょう。なのに生田さんに連絡もせず、ホテルに何の問い合わせもないんです。変でしょう？」

もし自分なら、約束していた人がこなければ、何か連絡がなかったかホテルに確かめると、平川は言った。

「理由は二つ考えられます。一つは、その女性が何らかの事情でホテルにくることができなかった。もう一つは、生田さんがこないことを知っていた」

平川の言いたいことが、有子にも分かった。父がこないのに、ホテルにも家にも問い合わせないというのは、事件をあらかじめ知っていたか、もしくは後に知ったとしても姿を見せることができない人間、つまり、事件について何らかの事情を知る人物。

そしてその人物に、母が含まれている。

「葬儀も終わったことですから、参列者名簿、そして生田さんの所持している住所録、手帳、日記、お母さんの顔が分かる写真などを提出していただきたい。よろしいですね」

「はい」

あの仙台市の住所、年頭の目標に掲げている再会の文字を見れば、警察は母をますます事件と関連づけるにちがいない。

有子にとって、それはいやなことだった。母への愛情を残している父が、可哀想だからだ。

有子自身は自分を捨てた母を恨んだ。いや恨んでいる振りをしようとしていた。その方が自分を納得させやすかった。

母が、自分を捨てたと思えれば単純に恨めたのに、捨てるはずがないと思う気持ちがくすぶる。

さらに自分の心を複雑にしたのは、父が母への思いを断ち切っていないことだった。娘を捨て去る母親を、父が許すとはどうしても思えない。

父に母を許すかのような心情が垣間見えると、母を完全な悪者にはできなかった。

結局いつも行き着くのは、恨めれば、もっと楽だったということだ。

人間の心は瞬間、瞬間で変化する。あんな人、母親じゃない、と思う次の瞬間、背格好や髪型、横顔が母に似た女性を街で見かけると、つい後を追ってしまう。

女性の背中を追いかけながら、何と声をかければいいのだろうといろいろな言葉を頭に描き、反芻《はんすう》する。

あの麗子さん？　生田麗子さんですよね。私、有子。有子です、覚えてますか。お母ちゃん、会いたかったんやで。なんで、なんで私とお父ちゃんを置いていったんよ。

頭の中だけで、何度も繰り返した台詞だ。けれど、一度も声にしたことのない言葉でもある。

「あの刑事さん」

声が掠れる。

「はい？」

平川の眉が動く。

「母が、父をあんな目に遭わせるとは思えないんです」

「お母さんを犯人だと思っている訳ではありません。生田さんの、見知らぬ男に刺された、との証言もありますから。しかし何らかの事情を知っているかもしれない。あらゆる情報を入手したいんです」

と平川は強調した。

「名簿とか、明日やったらあきませんか？」

珠乃がお茶を入れ替えにきて、平川に言った。

「こちらも参列者名簿が必要なんです。社葬ですので、いろいろとありまして」

「なるほど」

「今晩コピーして明日のお昼までには用意させてもらいます。それでもええやろか、有子さん」

珠乃は有子の顔を見た。

有子は戸惑いながらもうなずいた。

「分かりました。では明日の昼にはすべて用意しておいてください」

「はい、分かりました」

珠乃が三つ指をついた。

「で、刑事さん。凶器は見つかったんですか」

顔を上げると、涼しい顔で珠乃が訊いた。

「いや、まだ」

不意打ちをくらったのか、驚いた表情で平川が首を振った。

「そうですか。けど物騒ですねぇ、刃物を持ち歩くやなんて」

「何がおっしゃりたいんですか」

メモをとっていた金子が口を開いた。

「いえ、なんにも。ただ、はじめから刺すつもりで待ってたんやろか、と思て。警備の仕事は場所や時間が日によってちがいます。生田さんが会社から出てくるんをじっと待ってたのかなと思たんです。それで、会社から後をついて行ったんやろか」

「場所も時間もまちまち。確かにそうですね」

平川が思案顔で言った。

「旅行のことを知ってたら、そんなことせんでも……」

と珠乃は一旦言葉を切り、

「小豆島で待ってた方が」

とだけ言って、平川に顔を向けた。

「とにかく我々は、生田さん殺害の犯人逮捕に全力を尽くしますので」

金子に目配せをして平川が立ち上がった。

「どうかよろしくお願いします」

座ったまま、珠乃は頭を下げた。

「何か警察の人に知られたくないこと、あるんやね」

平川たちが帰った後、リビングに戻ると珠乃が訊いてきた。

「どうして、そう思うんですか」

「勘。名簿を出せといわれたときの有子さん、声の調子がおかしかったから」

「中原さんじゃなくて、珠乃さんが元刑事みたい」

有子は微笑んだ。

「やっと笑《わろ》てくれた。ほころんだ顔、初めて見ましたわ」

真顔で珠乃が言った。

「珠乃さんには、泣いてる顔しか見せてなかったですね」

「それは仕方ありません。けど、元気なくして有子さんが身体壊したら、亡くなったお父さんを悲しませるえ」

「そうですよね」

素直にうなずいた。

「名簿を提出するのん、一晩しか延ばせられへんかったけど、よかった？」

「すみません、気を使ってもらって。一晩あれば気持ちの整理が着くと思います」

「そう、よかった。実際名簿はいるんです」

コピーは会社のを使ってね、と言うと、珠乃は部屋の片付けをし出した。

「あの、訊かないんですか」

食器を流しに運ぶ珠乃へ、有子は声をかけた。

「何を?」

顔だけ振り向き、珠乃が訊く。

「名簿を渡すのを渋った理由です」

「そりゃいろいろな感情があって当然やわぁ。急にお父さんが亡くなって、気持ちの整理ができてないのも分かるさかい」

「それもあるんですけど、実は……」

珠乃にも隠していた名前のない住所への疑念を、聞いて欲しいと思った。有子は、父の部屋で発見した備忘録のことを珠乃に話した。

「なるほどねぇ。確かにお父さんはお母さんとの再会を願ってはったんやね」

珠乃がゆっくりした口調で言うと、何度もうなずく。

「警察は、すぐにこの住所に目をつけますよね」

「そうやねえ。お母さんと接触したがってるから」

「それがいやだったんです。毎年再会を願ってきた父が可哀想で」

「再会できなかった上に、そのお父さんより先に警察が事情聴取するということが?」

「それもありますけど、父を刺した犯人と母とが深い仲やったかもしれないと……」

父が願っていた再会が果たされようとしていたのを、母を奪った男が阻止した。父は二度も同じ男に殺されたような気がしてならなかった。一度は心を、そして今度は命を奪われた。

ただ、もしホテル・オリーブで母が父と再会を果たすことを、その男も知っていたのなら、珠乃の言う通り小豆島へ行くだろう。まったく関係のない第三者の可能性もあり得ると思えた。

「その仙台の住所だけ、警察に言わんときましょか」

「大丈夫でしょうか、そんなことをしても」

「主人にも相談してみるけど、警察よりも先にお母さんに会う方がええのとちがいますか。その男性とはいまどうなっているのか。再会をしようとしてたのはどういうことか」

「どういうことか？」

「その男性と上手くいってたら、お父さんと会おうやなんて思わはるやろか。上手くいくいうのは、経済的なことも含めてですけど」

すぐ珠乃は、携帯電話で中原に連絡をとった。有子の話をかいつまんで伝え、珠乃自身の考えを告げた。

電話を切ると、珠乃は有子に言った。

「一緒にコピーするもん用意しましょ」


「お嬢さん、疲れたでしょう。楽にしてください」

ジャスティス警備保障の最上階である三階のオフィスのドアを開くと、中原が出迎えてくれた。珠乃は、地階の駐車場に車を入れてから上がってくる。

「こちらこそ、何もかもお世話になって、本当に感謝して……」

なぜか感情が高ぶり、言葉に詰まった。

「お嬢さん、よく頑張りました。これからは先のことを考えないといけません。お役に立てることがあれば、何でも言ってください。協力は惜しみませんよ」

「ありがとうございます」

なぜ中原はこんなに優しいのだろう。いや珠乃や、葬儀などの手伝いをしてくれたここの会社の従業員も、皆温かい。

「電話で聞いたんですが、いよいよ本格捜査が始まります。殺人事件ですから須磨署に捜査本部が設置されるんですが、兵庫県警から多くの人員が補強されて、捜査はかなり活発化してきます。ですからお母さんへ捜査の手が届くのに、さほど時間はかからないと思います」

名前のない住所を警察が知れば、たちまち母は参考人の対象となるだろうと言った。

「ですが、私は警察にすべてを提出することを勧めます」

珠乃とは違う意見だった。

「だからといって警察任せではおれません。私も、その住所に当たってみましょう」

「そんなことまでしていただく訳には」

中原にも仕事がある。けっして時間をもてあましている訳ではないはずだ。

「お嬢さん。生田さんを殺害した犯人は、警察に任せる以外ありません。私は刑事をやってましたから、よく分かるんです。捜査というものは素人が手を出せるほど、甘くないことを。しかし、お嬢さんのお父さんは真面目な方です。お母さん以外の女性と、一泊旅行へ出かけるなんてこと考えられません。そのことと刺殺が関係しているなら、犯人はまさにその周辺にいる。つまり、お母さんも危険なんです。一刻でも早く身柄を保護した方がいい」

「母も危険なんですか」

考えもしなかった。

「お母さんと一緒に家を出た男の犯行だと仮定した場合の話ですがね。人を殺める行為は、何か一線を越えることです。普通の感覚ではできない。ところが一旦越えてしまった人間は、罪悪感などの障壁がなくなった状態になっています。ですから、何をしでかすか分からない」

中原は険しい顔付きになった。

「そうやね。私が間違うてた。ええ加減なこと言うて、ごめんなさいね、有子さん」

そう言いながら、珠乃がオフィスに入ってきた。

「お疲れさん」

中原が珠乃に言った。

「全然疲れてへん、大丈夫やわ」

珠乃は力こぶをつくる格好を見せ、

「ほな明日から、出かけるんやね」

と尋ねる。

「うん。会社は長岡君に任せるよ」

「承知しました」

敬礼のまねごとをする珠乃を見て、二人が仲のいい夫婦であると改めて思った。

微笑ましいと思う反面、自分にはそういう家族がもういない寂しさを感じる。

「そうだ、お嬢さん。ちょっと気になることがあるんです」

中原が、有子の運んできた段ボール箱を開けながら言った。

「生田さんの業務日誌も提出することになるだろうと、整理をしていたんです。お嬢さんはお父さんから、仕事の悩みなど聞いてませんか」

中原は段ボールの中に視線を注ぐ。手を入れて中身を確認しているようだ。

「……仕事のことは、あまり話さなかったので」

母まで危険だという言葉が、有子を落ち着かなくさせた。すぐに父のことに思いを巡らせることができない。

「あ、これが」

中原の手が止まった。そして一枚の写真を箱から出した。

「母です、十年前の。警察の方に渡そうかどうか迷ってたんですが、持ってきました」

「これは助かりますね」

写真をテーブルに置き、話を続けた。

「ここ半年ぐらいのことなんですが、考え込んでいる様子はなかったですか」

「考え込んでいる、ですか……」

父の顔を思い浮かべると、断片的ながら普段の暮らしも思い出してくる。

真面目で大人しい性格の父は、はしゃぐこともなかったし、悩んでいる様子も見受けられなかった。

「特に、気づかなかったです」

「そうですか」

「あの、父に何かあったんですか」

と訊くと、中原の表情に迷いのようなものが表れた。が、すぐにテーブルに着くよう手で促す。

つられるように椅子に座った。

「まったく生田さんには落ち度はなかった。それを踏まえて聞いてください」

珠乃は温かい緑茶をそっとテーブルに置き、中原の見ていた段ボールを少し離れたソファーへ運ぶ。そして名簿をコピーする準備を始めた。

「昨年の十月のことです」

中原は父の書いた業務日誌を目の前に置いてページを繰《く》った。

「二〇〇八年十月十三日、午後一時過ぎの出来事です」

所定のページを開いて中原が言った。

「去年の十月ですか」

十二月に提出するレポートの作成に追われていた頃だ。

「何か思い出しましたか」

「いえ、私が忙しくしていた時期で、もし父の様子に変わったところがあっても、気づかなかったかもしれません」

ちょうど十月の初めから十二月の冬期休暇に入る寸前まで、『機能性食品としてのキノコ類』というレポートにかかり切りになっていて、ほとんど父と話をしていなかったと中原へ伝えた。

「それにアルバイトもしているんで、ご飯もコンビニのお弁当や出来合いのお総菜で我慢してもらってたんです。あまり顔も見てない状態でしたから」

「いや、たとえお嬢さんが普段通りだったとしても、生田さんは平静を装ったでしょう。お嬢さんに心配かけることだけは避けたかもしれませんね」

そう言ってうなずき、中原は再び業務日誌に目を落とす。

中原が言うように、父は自分のことより有子を気遣っていた。

夜中に帰宅した父が、忍び足で階段を上がってきたり、早出のときに残り物でチャーハンを作っておいてくれたこともあった。タマネギと卵、キャベツと竹輪の輪切りが入っていた。とんかつソースの甘い味付けで、初めて食べた味なのにどこか懐かしかった。

「十三日は明石市朝霧というところで、マンション建設現場の安全警備に当たってもらってました。うちからの派遣人員は四名で、工事車両の出入りと通行人の安全確保が主な仕事です。人数が少ないと思われるでしょうけど、うちは大手の警備保障会社の多くの下請けのひとつです。その現場で事故がありました」

「その事故に父が……」

「それがはっきりしなかったんです」

中原の言うことが飲み込めないでいた。

「妙に思われるのも無理はありません。生田さんの話と、近くにいたうちの人間、また現場の工事担当者たちの言うことが食い違ってましてね」

中原は事故の経緯をかいつまんで説明した。

大きな建物には深い基礎工事が必要で、六階建てのマンション、グランドシティ朝霧も約二〇メートルの深さまで掘削《くっさく》していた。その基礎に鉄骨、鉄筋等で型枠を組み、生コンクリートを流し込む工程に入っていた。そこに建設作業員と、通行人の女性が転落したという。

「基礎ができつつあったんで、実際は三メートルほどの高さからの転落だったと聞いています。それで作業員と女性は、すぐ救急車で病院へ運ばれました」

「その二人の怪我は？」

「作業員はすぐに退院したそうですが、女性の方が……」

「まさか」

亡くなったという言葉が頭をかすめる。

「大怪我を負ったんだそうです」

「では命に別状は」

「ええ、助かったと聞いてます」

工事関係者と、ジャスティス警備保障の人間の証言によると、女性は急ぎ足で工事現場に入ってきて、制止しようとした作業員ともつれるような形で転落した。

「まさか通りすがりの女性が、工事現場に進入してくるとは思ってもいなかったために、転落現場に近かった生田さんが少し止めるのが遅れたそうです。お父さんは日誌で、そのあたりをしきりに反省されてます。ですが、工事関係者とうちのスタッフの話からすれば、生田さんに落ち度はないはずです」

中原は日誌をこちらに向けて、見せてくれた。

印刷したような四角い文字が並んでいる。紛れもなく、几帳面な父の書いたものだ。


入るな、ともっときつく怒鳴れば、あるいは彼女は立ち止まったかもしれません。もしくは身体で止めるべきだった。若い女性の身体への接触をためらった自分が情けない。それに引き替え、建設作業員の若者はとても勇気があった。身を挺《てい》して彼女の身体を受け止めた。あの責任感のある若者と、女性に大事がなければと祈る気持ちで一杯です。今回の事故は、私の対応が遅れたために起こったと猛省していま す。


「事故は、その後建設会社の事故係が処理をして、我々はノータッチになりました。ただ、親会社の警備会社から、契約打ち切りを申し渡されました。生田さんはその責任を、相当感じておられたようで、こんなものがロッカーにあったんです」

中原の手には封筒があった。

「これは……」

封筒には、また父の手による文字で「退職願」と書かれていた。

驚きというより、寂しさが込み上げてくる。せっかく中原の好意で再就職を果たし、それなりにやり甲斐を持って働いていたはずだ。にもかかわらずその仕事を手放そうとしていたなんて。

しかしどう考えても、そう簡単に答えを出したとは思えない。何も言わずに、一人で悩んでいたにちがいない。

二十歳にもならない娘など、相談相手になろうはずはない。ましてや自分自身のミスだと思い込んでいる父なら、なおさら口には出しづらいだろう。けれども話すことで楽になることもある。

「退職の理由に、一身上の都合と書いてありますが、私に損害を与えたと感じているからでしょう。生田さんらしいといえばそうですが、金銭的な損害など人材の損失に比べれば何でもない。私は、いつもスタッフみんなにそう言ってきたんです。この日誌を目にしたときも、本人に念を押しました。生田さんに責任はないし、うちとの契約破棄は一方的なものです。間に入った親会社も、工事を請け負った馬原《まはら》建設工業からの要請で、どうにもならなかったようです」

「でも父は、これを」

封筒を見た。

「それは夏用の制服のポケットに入っていました。五月の連休が明けると、うちは衣替えをします」

「じゃあ連休が終わったら、これを提出するつもりだったのかもしれないんですね」

「おそらくそうでしょう。だからこれを見つけたとき、半年以上も悩んでいたんだと思ったんです」

中原は父の退職願を発見してから、父と他のスタッフの業務日誌を見直した。そして気になることを見出したのだと言った。

「何が書いてあったんですか」

中原に父のことを尋ねるという行為で、父に確かめる術のないことを思い知らされる。

お父ちゃんとは、もう話すことができないんや。

「現場の外で重機の誘導をしていたスタッフも、業務日誌を書いていましてね」

中原が別の日誌を開く。

「ここに、女性がオシノさんか、ホシノさんと言いながら工事現場に入って行った気がする、とあります」

中原のごつごつした手の人差し指が、のたくったような文字をなぞった。読みづらいが、確かに中原の言う通りの内容だ。

「どういうことでしょう」

「女性は、知った人間がそこにいる、と思って工事現場に足を踏み入れたのではないでしょうか。つまり警備に不備があったのでも、誘導ミスでもなかった」

「その女の人は、自分の意志で危ない場所へ？」

「警備に甘さがあったという誹《そし》りは免れませんが、過失とまではいえません。まして や生田さんが仕事を辞めなければならないほど、責任を感じることもないように思います。ただ私が引っかかっているのは……怪我をした建設作業員の行方が分からないことなんです」

言葉の途中で、中原が言うべきかどうかを逡巡《しゅんじゅん》したのが分かった。

「行方が分からないというのは、どういう意味ですか」

行方という言葉に、敏感になっていた。

「親会社から契約云々と言われたときに、馬原建設工業の事故係と話をしました。事故の原因を調査したいから転落した作業員からも話を聞きたいと」

すると、作業員にも落ち度があるからクビを切ったので、本人と連絡はつかない、と事故係は答えたという。

「作業員の方は、身体を張って止めようとされたんでしょう?」

父も勇気ある若者と日誌に書いている。その上怪我まで負っているのに、クビとは酷い。

「持ち場を勝手に離れたことがクビの原因だそうです。正式採用ではない人間なので、怪我の補償もきちんとされたかどうか」

中原は湯飲みに手を伸ばし、冷めた茶を口にした。

「つまり、逆恨みも考えられる」

「逆恨みっ」

力が入った。

「馬原建設は、警備を怠った当社にすべての責任があるとして事故処理を行ったはずなんです」

なのに作業員をクビにしているところも妙な裁定だ、と続けた。

「どういうことですか」

有子が訊く。

「体《てい》よく、この事故をクビ切りの理由に使ったのかもしれません。こちらにも、作業員にも責任を負わせたんじゃないかな」

「そんな酷い。だいたい危険な場所に入ってきた女性が悪いの、に」

小声になった。いまさら大怪我をしている相手を責めても詮無《せんな》いことだ。

「とにかくその建設作業員のことも、仙台の住所と一緒に平川刑事に報告しましょう」

業務日誌、退職願も提出するが、事前にコピーしておくと中原が言った。

「もう一日、仙台の住所を警察に届けるのを待ってもらえませんか」

中原の顔を見た。自分で確かめておきたい。

「お嬢さんが、明日の午後に平川刑事へ住所録などを提出している間に、仙台の住所が誰のものか、私が調べますよ」

中原はテーブルの上の時刻表を繰《く》った。

「伊丹発七時五十分の飛行機なら、午前九時に仙台空港へ着けます」

中原が自分の腕時計と壁の時計とを見た。

それにつられて見た壁時計は、午後十一時半を指している。

「そんな。ここを六時頃には出ないといけません。中原さんほとんど休めてないんじゃや？」

「仕事柄慣れてます。心配要りません」

と中原はあっさりと言うが、今日の昼間も普通に仕事をしていたはずだ。いや父が亡くなってから昼夜を問わず何かと動いてくれていた。

「無理をされては、私、困ります」

「大丈夫やわ。警察官時代から慣れっこやから、心配あらしません」

奥のソファーから珠乃の声がした。

「私も連れてってください」

珠乃の言葉を耳にして、なぜか反射的に言った。

「お嬢さんの方が、お疲れのはずだ」

「私は珠乃さんのお陰でぐっすりと眠りましたから。それに、もしそこに母がいたなら、刑事さんたちよりも、先に会っておきたいんです」

誰よりも先に会って、これまでのいろんなことをぶちまけたいと思った。

だが次の瞬間、いったい自分は母に何が言いたいのか考えたが、何も思いつかなかった。

「彼らよりも先に、か……。確かに、もし参考人扱いなら、そう自由に話もできないかもしれませんね」

あくまで仙台に母がいればの話だと言って、中原が席を立った。

中原は携帯電話から、仙台行きの航空券とレンタカーの予約をいれた。いつでも予約が取れるオンラインシステムに加入しているということだった。

「じゃ一緒に行きましょう。妙に隠し立てをしたと勘ぐられるのもいやだから、明日の夕方までには戻って平川刑事にすべてを話す。それでいいですね」

「はい。そうします。我《わ》が儘《まま》言ってすみません」

立ち上がり深くお辞儀をした。

第三章　沈　黙

1

珠乃に自宅で休むよう誘われたが、一人で頭を整理したいと、有子は事務所のソファーで横になった。

中原は自分が留守中の仕事の段取りをするため、一階のオフィスへ降りた。珠乃は明日の準備をすると言って、会社の裏に隣接している自宅へ戻った。

お父ちゃん、ひとりぼっちにしてごめんな。

祭壇で回りっ放しの、走馬燈の青い光を思い出す。家を出るとき、部屋を真っ暗にするのが忍びなく、祭壇のある部屋の電気をそのままにしてきた。

走馬燈が回るだけの部屋も、想像すると余計に寂しく感じる。一人でいることを苦に思わなかった父だから、一晩ぐらいはのんびりさせてもらおうかな、と笑っているだろう。そう自分に言い聞かせたが、目が冴えて眠れない。

　事務所の天井にある染みは震災によるものだろうか。幼稚園に通っていた頃、父が水槽を買ってくれたことがあった。縁日の金魚すくいで、初めて手に入れた赤い出目金を飼うためだ。しかしわずか数日で死んだ。

　どないしたん？

　朝起きて、水槽の水面に浮いていた出目金を見つけ、泣きながら母に尋ねた。

　死んでしもて、天国に行ったんよ。

　そう言って母は笑った。その優しい目を見て、死がそれほど恐ろしいこととは思えず、母につられて一緒に笑った覚えがある。

　金魚の死は、命の大切さを教えるのに絶好の機会だったはずだ。

　母は哀しくはなかったのか。本当は金魚が嫌いだったのだろうか。いやな生き物がいなくなって内心ホッとして、思わず漏れた笑みなのか。

　悪い癖で、不安感が高まると、あれこれと想像を巡らせる。そして自分のいやな部分を探さずにはおれなくなる。

　父の面倒を見ることで、友人との時間を犠牲にしているような顔をしてきたが、実は人との付き合いが億劫なだけだった。

母が家を出たことを、周りの大人から同情されたくないという気持ちが強かった。いや、母がいないからダメな子と言われることが、とても怖かった。友達の親たちが、すべての理由を母の家出と結びつけたがることを知っている。

それは、子供社会も同じだった。

だから中学の家庭科では、誰よりも予習したし、遠足や運動会のお弁当も、豪勢に見えるよう工夫した。

毎日がポーズだ。誰と話すときでも、しっかり者の演技をしなければならなかった。五年間もそんな生活を続ければ、苦労なく演じきれるようになる。と同時に、いったい生田有子という人間はどういう子なのか、自分でも分からなくなった。

短大に入って、急に個性やアイデンティティを求められるようになると戸惑った。

有子はどう思う？　有子ならどうする？

友達から答えを求められるたび、口をついて出てくるのは、ほとんど父から聞いた話や父が言いそうなことだ。

母の役目をして父の面倒を見ているなんてとんでもない。自分が、いかに父に依存して生きてきたかが分かる。

大きな存在だった父が、あの小さな骨壺に入っている。

いやだ、そんなのいや。返して、返して、返して――。

部屋の明かりが点いた。

「ごめんやで。まだ寝てたわねぇ」

戸口に珠乃が立っていた。

「あっ、いえ」

「もう準備をせんとあかん時間なんやわ」

目を凝らして時計を見ると、午前五時過ぎだった。とうとう、少しも眠れなかった。

「ソファーなんかでは、ゆっくり寝られへんかったんとちがう？」

珠乃は疲れを微塵も感じさせないさっぱりとした顔で、化粧まで済ませていた。

「うちの家で、朝ご飯を食べてもらおうと思て、早いんやけど」

「すみません」

慌ててソファーから立ち上がった。

珠乃と一緒に中原の自宅へ行くと、すでにスーツ姿の中原がいた。

「丈が短かったみたいですね」

飛行機のシートベルトサインが消えると、中原が声を発した。

「いえ、そんなことないです」

着替えを用意してなかったので、珠乃が服を貸してくれた。七分袖のシャツはぴったりだったが、紺のストレートパンツからは足首が露出していた。

「家内も、お嬢さんを娘みたいに思ってます。私にできない相談ごとがあったら、何でもしてください。ああ見えて中学、高校と女子体操部を束ねていたんですよ」

「体操ですか。凄い。飛んだり跳ねたりして、身体で自己表現できるのって羨ましいです」

珠乃が若く見えるのは、若い時に身体を鍛えているからだ。

「お嬢さんだって、料理が上手いって生田さんがよく言ってましたよ」

「父が、そんなことを」

何を言ったのかは分からないが、自慢したとすれば耳たぶが熱くなる。

「研究熱心で、ゆくゆくは食品メーカーの研究開発の道に進むようだって。自分にも医食同源だと言って、色んな食材を工夫してくれると言ってました」

通路側にいる中原が、窓の外に目を遣《や》る。その都度、自分の顔を見られている気がして、目を大きく開いて口をすぼめる。やよいから聞いた可愛く見せるコツだ。

「そんな大層なもんじゃないんです。ただ短大の先生に教わったことを、お料理に活かしてるだけで。私が考えたんでも、発見したんでもないし……」

　卑屈になるつもりはなかった。ただ恥ずかしかっただけだ。

「お父さんは、お嬢さんにもっと研究をしてもらいたかったようです」

「ええ、四年制へ編入しろって言ってくれてました」

「やはり退職など考えられない。よほど思い詰めていたにちがいないんですよ」

　この半年間、と中原がつぶやいた。

「私のせいです」

　四年制への編入を勧める父なら、なおさら論文を書いている娘に、退職するなどということを話せはしまい。

「お嬢さんがどうあれ、生田さんは話すべきことは話すでしょうし、そうでないことは話しません。そういう方ですよ」

　中原は、年末にじっくり父と話す機会があったそうだ。そのときの様子に、悩んでいる印象はなかったと言った。

「だから昨夜半年間に何があったのか、というようなことを言いましたが、少なくとも去年の年末には退職の考えなどなかったんじゃないかと思えるんです。とにかくまずは、仙台の件を何とかしましょう」

「はい」

うなずき、窓を見た。

真っ白な雲海が広がっていた。その空の海原を眺めているうちに、飛行機は着陸態勢に入った。

空港へ降り立つと、神戸の浜風とはちがう薫風が髪を揺らす。兵庫県はだいぶん気温が上がって汗ばむ日が続いていたため、冷やっと感じるが空気が乾燥しているせいで心地よかった。

中原は何度か仙台にきたことがあるらしく、迷うことなくターミナル内にあるレンタカー会社の受付で、小回りのきく軽自動車を借りた。

初めての東北という感慨などなく、もし母に会ったらどうしようという不安感が募る。

母に会うためにここまできたというのに――。

レンタカーに搭載されているカーナビに「仙台市宮城野区東仙台二丁目」を入力し、中原はすぐ車をスタートさせた。

四十分ほど走ると、カーナビの機械的な音声が「目的地付近です」と告げる。

中原はナビのガイドを解除したが、車を駐める気配はなかった。最徐行で車を走らせる。

「周辺を調べましょう。まずは外堀から」

中原が道路の左右に注意を払いながら言った。

中学校が見えてきた先に、駅らしきものが見える。ナビを見て、ＪＲ東北本線「東仙台駅」であることが分かった。

「コンビニがありますね」

中原は車を駐めた。

「お母さんの写真を貸してください。店員に聞いてきます、ちょっと待っててください」

写真を手渡すと、中原は車から出て行った。

彼の素早い動きは、テレビドラマの刑事そのものだった。

若い男性店員と話す中原が、ガラス越しに見える。

少し話して写真を見せた。すると今度は、店の奥から年配の女性が現れ、男性から写真を受け取る。

光の加減で表情は見えない。女性は何度もうなずき、写真を中原に返した。

実際は五分ほどしか経過していないのだろうが、待っていると時間は長く感じる。

ようやくコンビニの自動ドアが開き、中原は小走りで車に戻ってきた。

「アルバイト店員と女性の店長に聞いたんですが、似た感じの人はいるが、違うかもしれないというレベルでした」

中原が残念そうに言った。

「もう少し調べてみましょう」

中原がエンジンをかける。

JRの線路をまたぐと、二軒コンビニがあったが、そのいずれも空振りに終わった。

次に中原は、駅前の飲食店やクリーニング屋などへ片っ端から入って話をする。

芳《かんば》しい成果がないまま、国道四号線を少し北上したところの大型スーパーの駐車場へ車を入れた。

「お昼にしましょう。一時前になってしまいました」

「もうそんな時間ですか」

緊張のためかお腹が減らず、お昼を過ぎたことにも気づかなかったようだ。

フードコートに腰掛け、おそばを食べた。食事が済むと中原が、パート募集の張り紙を見つけ、スーパーの人事部へ行くと言って立った。

中原は食事の間も、母親さがしの糸口を探っていたのだ。

何もできない自分が情けなかった。

三十分ほどして中原が席に戻ってきた。その顔付きがさっきと少し違うように見える。

「何か分かったんですか」

彼が口を開く前に尋ねていた。

「人事の人間は、個人情報だからと話してくれませんでした。ですが、社員の女性がどこかで似た女性を見たことがあると言いましてね。同僚の何人かに当たってもらってたんです。そうしたら総菜の調理にいたパートタイマーの女性じゃないかっていう話になりました。手際が良くって評判だったんだそうです」

「調理」

料理の手際は、いまの有子も敵わないだろう。

「お母さん、首に何か問題がありましたか？」

中原が改まった口調で訊いた。

「首、ですか……」

「長くいて欲しかったのに、首の調子が悪く、長時間包丁を握るのが辛いと言って、今年の初めに辞めたんだそうです」

「肩こり症だったと思いますが、とくに首がどうのというのは分かりません」

大震災以降、有子の周りの大方の人は、身体のどこかにトラブルを抱えていたように思う。みんな無我夢中で惨事を乗り切り、気づかぬうちに相当の無理を重ね生き残ったのだ。

町内で健脚を誇っていたおじさんが大腿骨《だいたいこつ》を折って車椅子生活を余儀なくされ、聡明で通っていた医師の娘さんが頭を打って言葉を失った。変わり果てた街で目の当りにした人々の変化を、子供の有子はただ怖がるだけだった。

お母ちゃんが変わってしまったのも、あの震災が関わっているんやろか。それでお母ちゃんがいなくなって……みんな、不幸の始まりは震災。

「そうですか。では、浅井という姓に聞き覚えはないですか」

「浅井？　聞いたことないです。ごめんなさい」

「お嬢さんが謝ることじゃない」

中原が優しい目を向けた。

「その女性が、浅井という姓を名乗っていたんですか？」

「そのようです。それで、お母さんの高校時代の同級生、その嫁ぎ先に浅井という姓があるか、家内に調べるように言いました。名簿はすべて、お嬢さんが持ってきた段ボール箱に入ってますね」

「ええ」

中原は、母が同級生の連れ合いの男と出て行ったのではないかという、有子の話を覚えていた。

「むろん、お母さんがその男性の姓を名乗っていたとしての話ですが。見つかればすぐに連絡をくれるでしょう。じゃあ行きましょうか」

中原は、いよいよ住所録にあったイーストタウンに向かうために、立ち上がった。

車は数分で目的地に着いた。

一度は前を通っているはずなのに、少し違う風景に見えた。見る側の気分が異なっているのだろうか。

車を駐めたすぐ傍らのマンションを見上げると、ウエストタウンという表示があった。道路を挟んで向こうに建つのが、イーストタウンで間違いはない。

運転者側の窓から、建物の五階を仰ぎ見る。

ここの五〇五号室に、お母ちゃんはいるの？

「まずは私が」

中原が顔を向けた。

「よろしくお願いします」

頭を下げる。

中原は胸ポケットから薄型のデジタルカメラを取り出し、スイッチを押して正常に動くか確かめた。

「すぐに戻りますので。お嬢さんはここで」

そう言い残し、中原はイーストタウンの白い建物へ入っていった。

言葉通り中原はすぐに車に戻ってきた。

「表札はありませんでした。郵便受けにも名前はありません。それで五〇五号室まで行き、インターホンで呼び出してみたんです。男性が応対しました」

「男性」

やはりあの男と一緒に——。

「警備会社の者だと言ったら、出てきましてね」

サムターン回しの被害が出ているので、すぐ対策を講じるようお願いして回っているのだと、中原は男に話しかけたそうだ。警備会社の代表者だから、身分詐称ではないが、話を聞くだけで身が縮む思いがする。

「隠し撮りした写真ですが、見てもらえますか」

デジカメで撮った画像を中原が見せた。

思わずたじろぐ。いやな過去との再会に臆してしまった。

「思い出したくないでしょうが、言い逃れされたくないので、よく見てください」

「すみません」

奥歯に力を込めて、画像を見た。そこには、髪の毛が乏しくなった生気のない顔があった。斜め下からのアングルだったが、顔付きはよくわかる。

当時の有子の目線に近かったこともあって、かえって頭の中に残っていた男の姿と重ね合わせることができた。

間違いない。あの嫌いなおじさんだ。

「見覚え、あるんですね」

中原が言った。

「似てます……」

確信がなかったのではない。むしろ頬に寒気が走るほど、当時の記憶が蘇ってくる。

体臭か、タバコの臭いか分からなかったけれど、男が放つ臭いまで思い出していた。

それどころか、男性がやってくる夜に聞こえた、秋の虫の音までも聞こえてきそうだ。

けれどあの聡明な母が、父よりこの男を選んだことを認めたくない気持ちが「この男です」という言葉を飲み込ませた。

「私、どうすれば」

父は母の住所を知っていながら、何の行動も起こさなかったことになる。そこにいったい何があるのだろうか。

父の意に反して娘が母に会ってもいいのかと思うすぐ後から、その父が亡くなったことを告げるために、仙台までやってきたのではなかったかと、まとまりのない疑問が湧き出してくる。

「まずは、家内の連絡を待ちましょう。そもそも浅井という名前の出所も押さえておきたいので」

すぐ近くの自動販売機で買った缶コーヒーを飲みながら車内で待つことにした。その間も中原は、イーストタウンの玄関を注視している。

「どうして父は、住所を知っていながら……。再会を望んでいたのに会いにこなかったのはなぜなんでしょう。ただ母を待ってるだけなんて」

自分が抱いた疑問を、素直に中原にぶつけてみたくなった。

「どの段階で、生田さんが住所を知ったのか、またどのようにして知ることができたのかによって、答えは違ってくるでしょうね」

「どういうことですか」

「これはあくまでも想像ですが、ここの住所は生田さんが八方手をつくして調べたのではないような気がします。まず素人では失踪者の居場所を突き止めることは難しいですからね。おそらくお母さんが伝えたのではないでしょうか」

「母の方から」

お金の無心だ。そうにちがいない。

「心当たりでもありましたか」

「母が家を出て四年ほどして、父に手紙を送ってきたんです。もちろんそれには住所など書いてなかったんですが、借金の依頼だったようなんです」

「お金か。なるほどね」

「私には父の考えが分かりません。自分を裏切ったんですよ、母は。なのに、そんな人にわざわざお金を」

借金ででも繫がっていたいのか、と父を哀れに感じたことを話した。

「むしろ、母をかばうようなことを言う父が信じられなかったんです。けど居場所を知ったのなら、行動を起こしてもいいじゃないですか。ひょっとしたら母だってそれを待っていたのかも」

有子も高校生のとき、男友達からデートに誘われたことをわざと女友達と電話口で話し、父の関心を引こうとした。気が進まないのだと、父に聞こえるように言う。そんな男とのデートはやめなさい、と止めてもらいたかったからだ。

説明はつかないが、ちぐはぐな気持ちのときに強引さを欲することがある。

もし母から居場所を告げたのだとすれば、連れ戻して欲しかったのではないか、と勝手な思いを抱いた。

「生田さんは、お母さんが自分の意志で戻ると、信じたんでしょう。生田さんから車椅子の青年の話、お聞きになったことありますか」

窓の外を見たまま、中原が訊いてきた。

「車椅子の青年の話？　いえ、聞いてません」

「そうですか。七年ほど前の話だそうです」

「七年前……」

父が四十二歳の頃だ。

「生田さんが人事部の係長を命じられ、間なしの頃だと言っておられました。ある青年との出会いがあった」

その青年は、車椅子の生活を送っていて、父の会社の身体障害者採用枠によって入社した。自動車事故による後遺症で記憶にも少し問題があったが、工場の生産ラインの仕事はそつなくこなしていた。

いつも笑顔を絶やさず、同じラインの人々を和ませる存在だったという。

しかし効率を重視する会社側は、業務請負会社を採用することになる。

「業務請負というのはラインの一角をまるまる請け負うんだそうです。ですから、車椅子の青年は配置換えにならざるを得ません」

青年は梱包作業をする部署に変わった。そこでは検品と数合わせが行われていたが、彼は検品項目が覚えられず、また数の計算ができない。

「そんな。だってその方が記憶に問題のあることは分かってたんじゃないんですか」

自分のことではないのに、語気を荒らげてしまった。

「会社はその青年から辞職を言い出してくれるのを待っていたようです。これじゃ嫌がらせみたいなものだ、と生田さんは人事の上司へ、ラインの仕事へ戻して欲しいと掛け合ったんだそうです」

だが会社の方針は変わらなかった。

「そのうち、検品ミスや数量の合わないことが増え、周りからの風あたりは強くなります。するとその青年は、検品や計算の練習をしたいと、ひとり遅くまで作業をしたそうです。むろん無給で。生田さんは励ましながら、実のところ彼には無理な仕事だと思っていたそうです」

予想通り、それほど作業効率が向上することはなかった。

「ですが、その青年は諦めません。その彼の努力を生田さんとしては、見守るしかなかった。そのときでも、彼がやり遂げるとは信じていなかったんだそうです」

「でも父は、その方を励ましていたんですよね」

「励ましてはいても、彼の可能性を信じてはいなかった」

「可能性……」

可能性とは、信じるところから生まれるとよく言われる。しかしそう簡単に信じることなどできない。

「それでも、少しずつ、本当に少しずつ検品精度が上がってきたというんです。とにかく彼はひるまなかった。そして明るかったとおっしゃってました。どうしてそこまで頑張れるのか、生田さんは青年に尋ねた」

父は、青年のめげない気持ちと明るさが不思議だったようだ。

「青年は一枚の紙片を見せました。彼はそれを、お守りのようにいつも財布に入れて持ち歩いていたのです」

「お守りのように」

そこには、きっと常に彼を勇気づける何かがあるにちがいない。

「そうです。そこにはワープロで文字が書いてあった」

「何が書いてあったんですか」

知りたいと逸る気持ちに、早口となった。その言葉が、いまの不安感を解消してくれるかもしれない、と中原の唇を見た。

「そこには『何があってもやり抜け』とあったんだそうです」

「えっ、……それだけ」

ありふれた言葉だ。人を鼓舞するような偉人の言葉か何かが記されていると期待していたせいもあって、拍子抜けしてしまった。

「それだけです。他は真っ白で何もない。いまのお嬢さんと同じように、当時の生田さんも肩すかしを食らったような気持ちだった。確かに、何もお守りのように持ち歩くほどの言葉でもない」

「でもその方にとっては、それほど大切な言葉だったんですね」

我ながら気のない感想だ。

「そうです。言葉そのものより、それを書いた方が問題だった」

「書いた人？」

「ええ。青年にその言葉を贈った方は、手足が不自由な方だった」

「手も足も不自由な方が」

「その文章は、手で打ったものでも足を使ったものでもない。どうやって打ったと思います？」

「……」

「舌です。その方は頸《くび》もあまり動かせないんで、顎《あご》や鼻先でも上手くいかなかった。だから舌を使ってキーボードを一字、また一字と打って書かれた文章だったというんです」

「舌ですか」

言葉に出してはみたが、それがどういう状況なのか、すぐには想像ができなかった。

「生田さんの会社、三松電工で当時売り出していた日本語ワードプロセッサーは、キーボードの配列に工夫がされていたんだと聞きました。人間工学に裏打ちされた、打ちやすくて疲れにくい配列だからこそ、舌で打てるのではないかと挑戦する気になったんだそうです。青年は、自分の先輩に当たる方の挑戦する姿に心打たれた。そして、先輩にやる気を起こさせたキーボードを作った会社への就職を望んだんです。だから何があっても辞めたくなかった。みんなから疎まれて、めげそうになると『何があってもやり抜け』の文字を見る。たったそれだけの言葉だけれど舌で打つことの大変さは、身に染みて分かるから。その話を聞いて生田さん、自分の生き方を見直そうと思ったと言ってました」

「父がそんなことを」

父は、見直さねばならない生き方をしてきたのだろうか。

「信じないで励ましていただけだった。しかし舌で文章を打った方は、青年の可能性を信じ切っていたんです。信じるか、信じないかは大きいって」

中原の言った言葉が、ドスンとみぞおちあたりを打った。

有子自身がそうだったからだ。人の発する言葉に傷つけられたくなかったから、摩擦を避ける。そこには自分が本音を出すと、必ず相手は自分を攻撃してくるものだという恐れがあった。優しい言葉には裏があるような気さえしてくるのだ。正直になれず、素直になれなかった。こんなにひねくれたのは、すべて家を出た母が悪いと思うようにしてきた。

「もっと信じてみようと思ったんだそうです。ここからは私の考えですが、お母さんのことも信じ切れていなかったんじゃないですか。その反省があって、じっとお母さんを待っていた。そんな気がしてなりません」

「自分も悪いと、口に出したことがあります」

父が信じ切ってくれないことを感じて、母は家を出たんだろうか。駆け落ち同然で結婚して、見知らぬ土地に住み、愛する夫から信じられていないとすれば、それは女性として、いや人間として苦痛だったのかもしれない。

そのとき中原の携帯が鳴った。珠乃からのものだった。

2

「先ほどは失礼しました」

中原と五〇五号の開かれたドアの前にいた。

「まだ何か？」

「実は私はこういう者です」

中原が名刺を差し出した。

「ジャスティス警備保障……兵庫県神戸市」

男は見開いた眼を中原へ向けた。その目は明らかに怯《おび》えている。離れた目、薄い唇、顎の無精髭《ぶしょうひげ》、男の顔を見ているだけで気分が悪くなる。

「浅井静夫さんですね」

中原の声は、威圧的ではないのだが迫力があった。

「いったい何の用です」

「人を探しています。生田麗子、旧姓赤座麗子という女性です。ご存じですね、浅井さん」

「知りませんよ、そんな女。帰ってくれ」

浅井はドアノブに手をかけて閉めようとしたが、中原が身体でそれを制止した。

「警察、呼ぶぞ」

「構いません、どうぞ。その方がこちらも手間が省ける」

「何だと」

「あなたは、殺人事件に関与した疑いがある」

「殺人？」

「浅井さん、あなたと暮らしている麗子さんの夫、生田有正さんが何者かに殺害されたんですよ」

中原は語尾を強めた。

「何だって」

浅井が顔をしかめる。

「そんなこと……。本当なのか」

「こちらは生田さんのお嬢さんだ。お母さんである麗子さんにそのことを知らせにきたんです」

「お嬢ちゃん？」

浅井は目を凝らして有子を見た。そしてつぶやく。

「麗子はここにはいません」

「いない？」

「本当です」

「あなたが微妙な立場であると同時に、麗子さんも同じです。早晩、警察も麗子さんを追ってここにくるでしょう」

「そんな。麗子はここから出て行ったんですわ、一カ月ほど前に。ほんまですって」

浅井は、訴えるような口調になると関西訛《なま》りが出た。

「そろそろ、けじめをつけたらどうなんだ」

中原が冷たく言い放った。

「信じてください」

と中原に言って、

「お嬢ちゃん、ここにはお母さんはおらへん。急に出て行ってしもたんですよ。ほんまなんです」

浅井は泣きそうな顔を、有子に向けた。

父よりも少しばかり若いのだろうが、老けて見えた。ただ、年上の男性の情けない顔を見たことがなかったので、どうしていいのか分からなかった。浅井がでまかせを言っているのか判断がつかない。

「何やったら、家捜《やさが》しでも何でもしてもろたらええ」

浅井が部屋の中を振り返り、中原に言った。

靴は散乱し、玄関から見えるリビングはかなり散らかっていた。きれい好きな母がいたら、卒倒しそうな状態だ。彼の言う通り、ここに母はいないのかもしれない。

「そうですか。詳しい話をしてくれませんか」

中原の口調は穏やかだった。

「ええですよ。人殺しやなんてとんでもないですよ。散らかしてますけど、どうぞ」

中原の後に続いて、玄関を上がってリビングに入った。

浅井はソファーの上にあった衣類などを乱暴にかき集めると、奥の部屋へ放り投げた。そこに現れた二人分のスペースに座るよう、浅井が手で促す。

中原は彼が出した手の先や、テーブルの上をじっと見て、おもむろに腰を下ろした。

「麗子さんを連れて神戸を出てからの十一年間、ご主人も、ここにいるお嬢さんも辛い毎日だった。そして浅井さん、あなたのご家族も同じだ」

ソファーに座るなり、中原がそう言った。

有子はハッとした。中原の言う通り、浅井にも家族がいる。埋めようのない寂しさが、何をするにしてもつきまとう日々を、浅井の家族も過ごしてきたにちがいない。

「十一年前、私は三十二歳でした。麗子さんは家内の高校時代の同級生です」

母は三十三歳だ。

「当時私は名古屋で、車のセールスマンをしていたんです」

名古屋？　浅井は名古屋から神戸に母を訪ねてきていたのか。

「出身は大阪ですから、関西方面の営業所へ応援という形で出向してました。それで家内に関西で知り合いがいたら教えてほしいと頼んだんです」

浅井は、堰を切ったようにしゃべり出した。

「岐阜の高校を出て神戸の短大に通っていたと聞いたんで、さらに友達を紹介してもらえると思って、純粋に商売で連絡をとってました」

そのうち浅井は、母に惹かれていったのだと言った。

「私には夢がありましてね。漆器《しっき》職人になりたかったんです。高校時代に工芸部に所属していて少しだけかじったことがあるんです。でも弟子入りするほど根性がなかった。それで就職して、結婚したんですわ。これでもトップセールスマンでして、経済的には恵まれてた時代かてあったんです。でもギャラリーで漆器を見るたびに自分でも作りたいなぁって思い続けてました。その夢をなんかの拍子に麗子さんに言うてしもたんです。そしたら麗子さんが、もの凄う褒めてくれました。そしていまからでも遅くないって励ましてくれて」

落語家のようによどみなく語る浅井の話は、すべて他人事のように聞こえた。

「その気になった」

中原が言葉を挟んだ。

「そうです。表現古いんですけど馬車馬のように働いてて、空しさも感じてた頃やったんです。家では漆《うるし》のウの字も口にできひんのに、麗子さんには素直に言えた。おまけに応援するとまで言うてくれて。お嬢ちゃんの前では言いにくいんですが、このことが麗子さんを好きになった決定打でした」

浅井一人だけの気持ちで、駆け落ちなどできるはずはない。母の方も、夢を持つ一つ年下の男性に魅力を感じたということか。

駆け落ち。母は父とも駆け落ち同然で実家を飛び出している。母には、そんな癖でもあるのか。

「家を出たのは、母の意志ですか」

そのとき初めて、浅井という男の目を正面から見た。

「それは……」

「本当のことを教えてください」

「生田さんとは申し分ない暮らしだったと思います。お嬢ちゃんもいるし、生活も安定していて。ただ何かが足らへんかったと」

「面白ない？」

浅井を嫌って、有子が自分の部屋へ逃げたとき、母が放った言葉だ。

「そう、そない言うてましたね。震災で、あまりにあっけなく人が死んだのを目の当たりにしたんだって。人間、一寸先は闇やから、やりたいことせなあかんって」

「母のやりたいことって、何ですか」

あまりに勝手な考えだ。その安定した暮らしを築くために、父は懸命に働いていた。

「麗子さんは、自分の料理を出す店を持ちたいって言ってました」

「そんなの神戸でもできるじゃないですか」

浅井に文句を言っても仕方なかった。

それに父も、母のやりたいことなら反対するとも思えない。

「その店で、私の作った漆器を使いたいって」

「……」

言葉を失った。母は浅井と一緒に生きていくつもりだったと、思い知らされた気がする。母は父のことなど何とも思っていなかった。

神戸を後にした母たちは、山中、輪島、会津若松と漆器工房を経て、三年前に仙台に行き着いた。

ここの住所が、父の住所録に登場したのも三年前だ。ということは、母は仙台に住み始めて、すぐ父に連絡してきたことになる。家を出て八年も経過しているのに、なぜだろう。

「独立したものの、私の漆器はいっこうに売れない。二人が食べるのが精一杯で、店を持つ資金などつくれません」

やはりお金が必要だったから、父に住所を教えたのか。それではあまりに虫がよすぎる。

「麗子さんは、調理補助のパートに出てましたね」

中原が訊いた。

「ええ、でも生活は苦しいんで……」

浅井がうつむき、何度目かの諍《いさか》いの後母は家を飛び出したと、吐き出すように言った。

「じゃひと月近く戻っていないと」

「そういうことになりますね」

「行き先に心当たりはないんですか」

中原は大きな身体を前へかがませ、メモを取る格好をした。

「ないです……」

浅井は顔を上げずに答えた。

「荷物などは？」

「ハンドバッグぐらいしか持ってないんで、すぐに戻ると思ってました」

やはり中原を見ず、浅井はテーブルの上に何冊もあった開き放しの雑誌に目を落としたままだ。

「それじゃ麗子さんを探そうにも、手がかりがないということですね」

「私も困ってるんですよ」

中原に顔を向けたが、またすぐに浅井は目を伏せる。

「そうですか。もし麗子さんから連絡があれば、生田さんが亡くなられたことをお伝えください。お嬢さん、行きましょうか」

中原が席を立つと、反射的に浅井も立ち上がった。

「あの、警察はここにくるんでしょうか」

「ええ。被害者の妻が失踪中なんですから、下手に動かない方がいいですよ」

「そう、ですね」

浅井が不安げな眼差しを向けた。

中原は車をスタートさせてから、しばらく何も言わなかった。空港への道を走っていることは、カーナビを見ればよく分かる。

「お嬢さん、私はもう一日仙台に残ります」

交差点の信号で停車したとき、中原が言った。

「何か気になるんですか」

イーストタウンの浅井の部屋を出てから、中原は考え込んでいた。

「浅井は、お母さんの居場所に関して何かを知ってます。それに彼の手、漆にまけている」

「まけてるって、漆にかぶれてるってことですか」

中原が浅井の手を見ていた理由は、そのかぶれに気づいたからだった。

「いくら漆器職人でも、漆アレルギーでは無理です。いつからかは分かりませんが、職人としてはやっていけないでしょう」

「そんなことがあるんですか」

「そば職人が突然そばアレルギーを起こし、転職した例を知っています」

信号が変わった。

「さらに気になるのが、テーブルにあった求人誌です」

「求人誌なんかありました?」

ちらっと見たが、女性の写真が多く載っている男性誌だと思って、あえて見ようとしなかった。

「ネオン街の求人誌は派手なものが多いんです。彼が、お母さんをそんな所で働かせている可能性がある」

「どういうことです。あの人、嘘をついたんですか」

「饒舌《じょうぜつ》な人間には注意する、というのが刑事時代に覚えた鉄則です。ただ彼が犯人という訳じゃない。利き手も右のようだし。しかし、今日我々がやってきたことで、彼は相当動揺しています。おそらく動くはずだ。その前に浅井は必ずお母さんに連絡を取ります。そこを押さえたい」

「私も一緒に」

運転する中原を見た。車窓の夕焼けに染まる田園地帯が美しい。

「明日、彼のしっぽを捕まえられるかどうか分かりません。あなたは、平川刑事にこれまでのことを包み隠さず話してください。何とかお母さんの居所を突き止め、神戸に連れて帰ります。平川刑事よりも先にお嬢さんとの再会を果たせるよう全力を尽くしますから」

仙台空港が見えてきた。

「どうしてもダメですか」

車から降り、返却の手続きを済ませて空港ロビーへと向かいながら中原に訊いた。

「母に直接会って、言いたいことがあるんです」

本当は母のことよりも、一人で帰りたくなかっただけだ。

「その気持ちは分かりますが」

「お願いです、中原さん」

歩みを止めようと、中原の腕を摑んだ。そのとき携帯電話が鳴り、おどろいて手を離した。

立ち止まった中原が携帯を開く。

「何だって！」

耳に当てた電話に、神経を注ぐ中原を見詰めた。

「本当か。分かった」

「何かあったんですか」

電話を切ると同時に有子は尋ねた。

「一緒に戻りましょう。事件が大きく動いたようです」


午後七時、伊丹空港に着いた。駐車場にはすでに珠乃が迎えにきていた。

「お疲れ様」

中原がドアを開くと、珠乃が声をかける。

「このまま垂水署に向かってくれ」

有子が後部座席に座るのを確認して、シートベルトをしめながら中原が珠乃に言った。

「はい」

返事をすると、珠乃はすぐに車を発進させた。

「有子さん、疲れた？　身体は大丈夫」

ルームミラー越しに珠乃が有子を見た。

「大丈夫です」

飛行機の中で中原から聞いた話は、六甲山山中で男性の遺体が発見され、彼が父の事件に関係がありそうだということだけだった。

それが何を意味するのか、すぐには分からなかった。詳しいことは神戸に戻って平川刑事に聞くしかないが、警察が被害者の家族に連絡をしてきたところをみると、物的証拠を発見したにちがいない、と中原は言った。

それを聞いてもなお、有子には状況が飲み込めなかった。死亡した男性が犯人だとは、中原が言わなかったからだ。

飛行機の小さな窓から見える雲を呆然と眺め、頭が混乱したまま伊丹に着いた。

「有子さんの横に風呂敷包みがあるでしょう。開けてちょうだい」

と珠乃に言われるままに、包みを手に取ると膝に置いた。ずしりと重みを感じる。風呂敷を解くと中からプラスチック容器が出てきた。

「二人とも夕食どころやないと思て、ご飯むすんできたんです。警察に行ったら長うなって、何時になるか分からへんし、いまのうちに済ましときましょ。おなか減ったら身体に力が入らへんから」

「うわ、すごい」

ふたを開けると声が出た。

しそ風味のふりかけと黒ごまをまぶした二種類の俵むすびが、ぎっしりと詰められていた。ラップにくるみ隅っこにあるのは、お漬け物だ。

「黒ごまに梅干し、ゆかりの方はおかかが入ってます。好きなんから、どうぞ。ポットに入ってるお味噌汁も飲んでね」

珠乃は、容器の下のウエットティッシュとお箸を使って、と言った。

「ありがとうございます。中原さんも」

「私は後でいいから」

中原が片手をあげて言った。

「じゃあいただきます」

有子は礼を言うと手を拭い、おにぎりに手を伸ばした。しその風味が疲れた身体には嬉しかった。味噌汁の香りと温かさが、家庭にいるような安堵感をもたらした。

料理は食材や味も大きな要素だが、食べる人が一番欲しがっているものを提供することが重要だと、珠乃の出す料理をみてよく分かる。

機能性食品といっても、栄養面ばかりに目が行くのは良いことではないのかもしれない。

警備会社の経営がどんなものなのかまったく知らないし、その妻の役割も想像がつかない。けれども珠乃の心配りが大きな支えになっていることだけは、何となく分かった気がした。

たった一晩だったが、夜中に出入りする社員たちの気配、息づかいを感じた。仕事に向かう前、珠乃が社員にお茶や夜食を出すと、空気が和むのが伝わってきた。

「連絡をくれはったときの平川さん、鼻息が荒うて、捜査の進展に自信をもってはるようでしたわ」

珠乃は、平川から電話をもらったときの様子を話した。名簿関係の催促だったら、どうして引き延ばそうかと考えていた珠乃だったが、至急有子に連絡が取りたいとのことだった。有子に連絡する場合は会社にするようにと、中原が平川に言っていたそうだ。

「確認したいことがあるいうことなんで、事件に進展があったんか訊いたんです。どうもその男が、お父さんを殺した犯人という雰囲気でした。自殺をしたみたいなんやけど」

「……自殺なんて」

それだけは許せない気がした。

「絶対、許せません」

前方を見たまま珠乃がつぶやいた。

「気持ちは分かるが、まずは平川刑事の話を聞いてからにしないか」

中原が、珠乃をたしなめるような口調で言った。

彼の言葉は、後部座席の有子に向けられたのかもしれない。

それからは三人とも、事件に関することは口にしなかった。

午後八時前、垂水署に到着した。中原を先頭に、珠乃と有子が順に署内へ入る。

中原が制服警察官に名乗ると、待つ間もなく平川が他の男性二人と奥の階段を下りてきた。何やら言葉を交わし、男性たちと別れて駆け寄ってくる。

「ご足労かけます」

平川が会釈をした。

いま平川と別れた男性らに目をやっていた中原が、

「私たちも同席していいですか」

と挨拶もそこそこに訊いた。

「ええ、構いません。しかし中原さんの調べたことも教えてください」

平川は中原と有子に視線を向けた。この二日間の有子たちの行動を知っていると言わんばかりの目だった。

「真相究明への協力は惜しみません」

さして驚きもせず中原は応えた。

中原は、警察が自分たちの行動を摑んでいることを知っていたのか？　分かっていて仙台へ行ったというのだろうか。

「ではこちらへ」

三人は、三階の小部屋へ通された。すでに電灯が点った部屋の長机の上にトレーが並べられ、それらにビニール袋が載せられていた。

「どうぞ、お掛けください」

平川は長机の前に立った。

「本日午前七時頃、六甲山の中腹でハイキングをしていた方から、人が樹木の枝にぶら下がっている、という通報があり、近くの派出所の係官が急行して、中年男性の死体を発見、収容しました。その傍らにバッグがありまして、ここにあるのがその中身です」

平川がトレーの一つから、ビニール袋を取り上げた。それは一見して包丁だった。はっきり見えないが、刃のあたりの黒ずみは血の跡にちがいない。

有子自身、毎日手にしているのに、人を拒絶する汚いもののように見える。

「この刃に付着した血痕は人血によるものでした。それで男性の身体を調べると、左の人差し指に深い切り傷があったんです。この男性が自分を傷つけたものとも考えられたんですが、血の量が多い。それに……」

平川が言いにくそうに、有子を見た。

「私なら大丈夫です」

包丁を目の当たりにして、ある程度のことは覚悟している。

「ごくわずかですが人体の組織の一部が見つかり、この包丁は、別の誰かを傷つけた凶器だと断定しました」

その詳しい検査の結果は、明日の昼頃しか判明しないと平川が言った。

「他に生田さんに繋がる、何かが出てきたんですね」

中原が平川を見上げて尋ねた。

「男性の身元を調べるために包丁から指紋を採取しましたが、前科はありませんでした。同時に刃に近い柄《え》の部分からこの男性のものとは別の指紋が検出されたんで、照合しました」

「犯罪被害者の指紋と一致した」

中原が先回りするように言った。

「ええ。生田有正さんの右手親指の指紋でした。刃渡り十五センチで片刃である点も傷口と合致します」

刺された際、父がとっさに包丁を握り、より深く刺し込まれまいと抵抗した跡ではないかと、平川が言った。

「平川さん。現場にあったものは、それだけじゃありませんね」

中原の目がきつくなる。

「まあそうですね、男性のベルトのバックルからも、生田さんの左手の指紋が出てきました」

「指紋の他に残されていたものがあったはずです。すべてを教えてください。こちらは被害者なんだ」

中原の語気が荒くなった。

「いや、いまのところこれだけです。この男性が、生田さんの顔見知りかどうかを娘さんに見ていただこうと思って、ご足労願いました」

平川がハトロン紙の封筒を手にした。

中に自殺した男性の顔写真が入っているのだろうか。そう思うと顔を背《そむ》けていた。

「いや、あるはずだ。何か書いたものが出てきたんでしょう？」

「えっ、なぜそんなことを」

平川は、戸惑いを隠せない顔つきとなった。

「さっき階段で平川さんと言葉を交わしていた二人の男性のうち一人は、文書鑑定で関西屈指と言われた本岡希典《もとおかまれすけ》さんでした。昔、世話になったことがありましてね。すでに退官されている本岡さんがわざわざ出向いてこられたということは、単なる文書鑑定じゃない。そこに文書心理学的なプロファイリングが必要な事案ということになります」

中原は元の穏やかな口調に戻っていた。

自信に満ちた中原に比べて、平川の顔は困惑しているように見える。

「参りましたね、本岡さんの姿を見られてたとは。中原さんの推察通りです。男性が気になるメモを書き残してまして」

いたずらっ子が観念したような表情で、平川は椅子に腰掛けた。

「そのメモには、遺書めいた言葉があったんですね」

「そうです。まさに遺書めいたという表現がぴったりな文言でした」

平川は息を吐き出した。

「お聞かせ願えませんか」

「まだ話せる段階ではないんです。と言いたいところですが、他ならない中原さんですから」

平川はそう言ってから、

「メモには『たいへんな過《あやま》ちを犯してしまった』と」

とやや声を潜めた。

「それだけ、ですか」

有子が尋ねた。

父を刺しておいて、過ちの一言なんて、あまりに身勝手な言いぐさではないか。

有子ではなく、中原の目を見ながら平川は答えた。そして、遺書だと認定できるものかを本岡に訊いたのだという。

「で、本岡さんの意見は？」

「そこまでは勘弁してください」

「分かりました。ただ分かり次第、お嬢さんに連絡してもらえるんでしょうね」

中原はさらりと言った。

「それは、まあ」

「そこにあるのは遺体の写真ですか」

中原が、平川の手にある封筒に視線を投げかけた。

「ええ。身元がまだ分からないので」

平川の返事を聞いて、中原が有子を見る。

「お嬢さん、大丈夫ですか」

「……覚悟してたんですけど、惨《むご》いものは」

有子はうつむいた。

「遺体は修復し、死に化粧も施しています」

「じゃあ……」

大丈夫だと言おうとしたが、声が出なかった。

「ご協力をお願いします」

有子の返事を待たず、平川は二枚の写真を封筒から取り出して机上に置く。

勇気を出し、一枚を手に取った。

写真の男性は父と同じくらいの年齢か、少し若い感じで堅く目を閉じていた。そのせいなのか男性にしては長い睫毛《まつげ》が際立っている。

そんな自分の冷静さが意外だった。さらに驚いたのは、父を殺めたかもしれない人物であるにもかかわらず、憎しみの感情が湧かなかったことだ。生気のない、作り物のように無機質な顔だからだろうか。それとも、もうこの世にはおらず、怒りも憎しみも届かない存在であることを知っているからなのか。

いや、違う。父を刺し殺した人間には思えないほど、優しそうに見えた。犯人であるという実感が伴ってこないのだ。自分の頭で想像する殺人犯と、かけ離れた容貌に戸惑っている。

この人が、ほんまにお父ちゃんを――。

もう一枚の写真に目を転じた。そこには全身が写っている。がっしりとした体型で、薄いブルーのポロシャツに紺色のスラックス姿だ。

顔つきにも全身の印象も、有子に覚えのない男性だった。

「どうです。見覚えないですか」

平川の問いに有子はうなずく。

「確か生田さんは、知らない男に刺された、と電話でおっしゃったんでしたね」

平川の質問は、中原へ向けられた。

「それは、確かです」

中原が、男性の写真を見た。

「言ってみれば、生田さんが知らない人物ですから、お嬢さんがご存じないのも不思議ではないんです」

平川は、もし有子の知る人物であった場合、三通りの可能性が出てくると言った。

ひとつは有子が知っているにもかかわらず、父が知らない場合、犯人の殺害動機をどうみるか。少なくとも父への個人的な怨恨の線は消える。

父が知っているにもかかわらず、知らないと言ったとする場合、犯人とは相当深い関係にあることを示し、父の交友関係を重点に捜査することになる。そしてもう一つ、父も有子も知らない場合、あまりに広い捜査の範囲をいかに絞り込むかが鍵となる。

そういう意味では、有子への首実検は捜査上の大きな意味があるのだと平川が説明した。

「その上で、この男の自殺をどう受け止めるか、ですね」

中原が腕組みをした。

「ええ。生田さんを殺害したことが、メモにあった『たいへんな過ち』なのかどうかを考えねばなりません」

平川の語調に勢いがなくなっていた。

「生田さんも、お嬢さんも知らない男だった。つまりこの男性は、生田家との関連性が薄い人物だということになりますね。通り魔的に人を殺害して自殺したのか」

中原が刑事の一人に見える。

平川と中原の話を聞いていて、有子はもう一つの可能性を考えていた。

父がこの男性を知っていながら、知らないと言った。それでいて父本人との関係がそれほど深くない相手だとすればどうか。つまり、この男性は母と知り合いなのではないのか、ということだ。

母が浅井と仙台にいたことはまちがいない。けれども母の姿を仙台で確認できた訳ではないのだ。仮に浅井が言うように、彼の元から逃げ出したとするなら、その陰にこの男性がいたとしても不思議ではない。

父が、母を事件に巻き込みたくないという一心から、知らない男だと嘘をついた。そこまで考えて、有子はさらにいやなことを思いついた。嘘なのは、男という言葉なのかもしれない、ということだ。女性をかばうために男だと言い残した。父が命を賭《と》して守る女性は――。

では、この写真の男性はなぜ自殺をしたのか。刺してはいない包丁を所持し、犯してもいない過ちのために首を吊ったことになる。

そんな馬鹿なこと、あるはずがない。

いやな想像を頭を振ってかき消そうとした。

隣の珠乃が、

「しんどいの?」

と耳元でささやいた。

有子は小声でそれを否定した。

「事件の全容解明に全力を挙げますよ。しかし、被疑者の自殺は我々にとっても嬉しくない結果です」

平川が写真を封筒にしまい、その手で机にあるノートを開いた。

「さて、今度は中原さんの番です。伊丹空港からどこへ行ってたんです。生田さんのお嬢さんと一緒に」

平川の視線が有子へも注がれた。

「やっぱり、張ってたんですね」

中原はまったく動じる素振りを見せない。それどころか笑みさえ浮かべている。

「ガイシャの周辺に網を張るのは、当然のことじゃないですか」

ガイシャという言葉が、父を指していることが悲しい。

「責める気はありません。さすがに飛行機にまでは乗ってこられなかったんだなと思ってね」

「仙台行きの便に搭乗したことは分かってます。生田さんも一緒ということは、お母さんのところへ行かれたんですね？　我々は行方不明だと聞いていましたが」

平川の言い方が、嫌みっぽく聞こえた。

「隠すつもりはありません。ただ生田さんが亡くなったことを奥さんにお知らせしたい、と考えたまでです。それで生田さんの住所録に名前のない住所を見つけ、そこへ行ってみようとお嬢さんに提案しました」

「それが仙台だったと」

「そうです」

中原は、自分の手帳を取り出すとイーストタウンの住所を書いたページを破り取って、平川に手渡した。

「それで、奥さんはどのように？」

「会えませんでした」

中原が有子の方へ向き、

「話しますね」

と言った。

「お任せします」

そう応えるしかなかった。

中原は、仙台で浅井静夫から聞いた、彼と母の逃避行の顚末《てんまつ》を話した。

「そうだったんですか。では中原さんは、浅井という男が奥さんを強制的に働かせていると踏んでいるんですね」

「状況から推測しますとね。それで平川さんにお願いがあるんです」

「浅井を調べろとおっしゃるんですか」

「暴力を受けているかもしれない。いずれにせよ自力で、浅井さんのところから出ることは難しいと思うんです。ただ、生田さんに線香の一本でも供えさせてあげたいだけなんです」

「生田さんに線香ですか、なるほど」

「すでに浅井さんには、早晩、警察がくるだろうと揺さぶりをかけてあります」

「もし浅井に後ろ暗いところがあれば、動き出すかもしれないですね。分かりました。宮城県警の協力を要請しましょう」

「もう一つお願いがあります」

「まだあるんですか」

「その写真の男性がホンボシであれば、被疑者死亡のまま送検される。それだと動機がうやむやになってしまう。生田さんを殺害した理由が判明すれば、教えて欲しいんです」

　中原の動機という言葉に、有子の気持ちがついていけなかった。

　この男性がどこの誰かも分からないし、また父を殺した犯人だと決まった訳でもない。なのに一足飛びに動機の話になるなんて。

「父が、殺されなければならなかった理由など、あるはずないです」

　有子は中原の方を見た。

「お嬢さん、それは私も同じ気持ちです。ですが被疑者、例えばこの男性が死亡のまま送検されてしまうと裁判は行われなくなる。警察は送検するまでは捜査をしますが、その後はノータッチです。完結してしまった事件の詳細が明らかにされることはありません」

有子の目をじっと見詰めて、中原が続けた。

「だから捜査の段階から、動機面に力点をおいてもらいたいんです」

中原は、被疑者が死亡している場合、動機の調べを重視するか否かは捜査に当たる警察官の裁量に任されているものだから、と付け加え、平川に目を転じた。

「動機の解明に力点ですか」

平川が有子の顔を見た。そして、

「丁寧な捜査を心がけますよ」

と言いながら、立ち上がった。

「よろしくお願いします」

どこかよそ事のような言い方が気になったが、有子も席を立ち、お辞儀をした。

しかし、沈黙したままの父と加害者から、どのようにして動機を聞き出すつもりなのだろう。

3

五月七日　木曜日

ゴールデンウィークが明けて、有子は短大の研究室にいた。

仙台から戻り、警察署で死体の写真を見せられてから四日間、ジャスティス警備保障と誰もいない家とを往復する毎日だった。

家にいれば寂しさが募るし、中原や珠乃の側にいると事件のことが脳裏から離れない。ひとときでもいいから頭を空っぽにしたかった。

できれば事件を知らない人間に会いたいと思い、普段まったく接触のない「アラキドン酸」の研究をしている教室で聴講することにした。

アラキドン酸は、細胞膜を作っているリン脂質を構成する脂肪酸で、脳に多く存在しているものだ。脳細胞を作るとされていて、この物質が学習能力や認知応答力を高めることに役立つという研究者もいる。

この研究室では、アラキドン酸をどんな食品に添加すれば、より効果があるのかをラットを用いて実験していた。将来的には、脳の老化防止に有効な食品開発を目指している。

有子が日頃学んでいる教室は研究室といっても、設備はキッチンの延長線上のものだった。しかしここはラットがいたり、薬瓶が棚に置かれていたりして医薬品の研究所の雰囲気だ。

違う環境、そして誰も知らない人たちといることが、これほど気軽だとは思ってもみなかった。自分が思っているほど、寂しがりやではないのかもしれない。

いや逆だ。

父がいなくなったことを思い知らされるのが怖くて、ただその寂しさに耐えられず逃げているだけだ。

それでも新しい情報を見聞きすると、事件のことが遠い昔の出来事のように思えた。いままでにないほど、講義に没頭でき、授業の終わりを告げるチャイムが鳴ったのにも気づかないほどだった。

午後の授業に出席するかどうか迷いながら、学生食堂に行った。このところお腹は減るのに、食べ始めるとすぐに欲しくなくなる。

あの夜、珠乃さんが用意してくれたおむすびは、食べられたのに。

これなら食べられると思って頼んだざるそばも、三分の一を啜《すす》ったところで箸が止まった。

午後の授業は、有子が履修しているものだ。やよいと会いたいという気持ちも当然ある。ゼミの先生に心配をかけていたことも気にはなっていた。しかしどうも踏み出せない。

母がいなくなったときの経験と同様に、有子への眼差しの中に哀れみを感じた瞬間、虚勢を張ってしまうにちがいない。

そうよ、私って可哀想な子です。母に逃げられ父が殺されて、きっと悪いことをした報いなのでしょうよ。

そんな思ってもいないことを言ってしまいそうだ。

授業中は切っていた携帯電話の電源を入れたとたん着信音が鳴った。中原からだ。

「有子です」

咳払いを一つして電話に出た。

「生田さんへの保険手続きが整いました。よければ伺いますが、時間とれますか」

「いま学校にいるんですけど、午後は空いてます。午後二時には家に戻れると思います」

中原の声を聞いて、躊躇なく午後の授業を欠席することを決めた。

「そうですか。じゃあ二時に伺います」

「いつもすみません」

「いま少し話してもいいですか」

「ちょっと待ってください」

と言って、有子は片手で盆を持って立ち、返却棚に食器を置くと食堂を出た。

「すみません」

中庭のベンチに腰掛ける。

「さっき平川刑事に聞いたところ、男性の身元が分かりました」

男性が首を吊っていた林道から、三〇〇メートルほど下の斜面で携帯電話が発見された。その携帯の契約者が自殺した男性だったことが分かったそうだ。

「名前は及川明《おいかわあきら》、神戸市北区の及川牧場の経営者だったということです」

「及川牧場」

声を上げてしまった。中原の口から、知っている牧場の名前が出てくるとは思っていなかったからだ。

「ご存じですか」

「うちの学校と、乳製品の共同開発をしている牧場だったはずです」

「では、生田さんとの接点はいかがです？」

「それはないと思います」

「三松電工時代の友人に確かめてみましょう。どなたかお嬢さんがご存じの方いますか」

「父の会社時代の友人で、私が知っているのは河東《かわひがし》という同時入社の方ぐらいです」

河はさんずいのつく方ですと、付け加えた。

「ああ生田さんの住所録にありますね」

中原が、コピーを見ながら話しているのが分かる。

「あの中原さん、私が河東さんから話を聞くというのは良くないことですか」

河東の名を思い出したとたん、会社勤めをしていた時代の父を知りたいと、思った。

「いいえ。なぜです」

「この間中原さんから、車椅子の青年の話をお聞きしましたよね。あのときもそうだったんですが、私は父のことを知っているようで、全然分かってなかったんじゃないかって思うんです」

河東なら、若い時分からの父を知っている。

「そうですか、分かりました。ではお嬢さんにお願いします」

帰宅して少し家の中を片づけ、コーヒーメーカーに豆をセットした。三松電工製で、父がとても気に入っていたものだ。

スイッチを入れて一分ほどで湯が沸き、たちまち芳ばしい香りが漂い始めた。

玄関に物音がして有子はリビングを出た。

「開いてます」

中原が呼び鈴を鳴らす前に、有子が声をかけた。

「お嬢さん」

ドアを開け中原が呼んだ。そして、

「お母さんの身柄が保護されました」

と言った。

「母が」

「浅井が手を上げ、麗子さんが仙台駅前の交番へ駆け込んだそうです」

「……で母は」

「今晩私が行って、ここへお連れします。いいですね」

「………」

中原の言葉を確かに聞いていた。しかし返事ができない。

「平川刑事が、詳しいことを伝えてくれるはずです。何かあれば家内へ連絡してください。では急ぎますので」

「中原さん」

立ち去ろうとする中原を止めた。

私も一緒にと言うつもりだったのに、出た言葉は違っていた。

「母はいったい何を考えているんでしょうか。父が亡くなったという知らせは、あの人から聞いているはずなのに。私、やっぱり許せません」

「その気持ちも全部、会ってぶつけたらいい。ただ、お母さんも辛い目に遭って、いまは傷ついているんです。誰かが手を差し伸べないといけません」

「だからって、中原さんが母に手を差し伸べることはないと思います」

母の元に行こうとする中原に、無性に苛立った。いま自分の身に降りかかっている不幸は、何もかも十一年前に出て行った母のせいに思えた。

母にかかわれば、みんな不幸になる。中原だって。

「私は、人の痛みを見て見ぬふりするのがいやなんだ。とにかく、お母さんに会ってきます」

　一瞬だが、中原が悲しげな目をした。

「ごめんなさい」

「いいんです。それでお嬢さんは河東さんに会うんですか」

「そのつもりです」

「事件はまだ解決してません。出歩くときは、くれぐれも注意してください」

「でも、犯人は」

　すでに死んでいる。

「怖がらせる訳ではありませんが、結論は慎重に出さないといけないんです」

「あの人が犯人ではない場合も、あり得るということですか」

「きちんと物証が発見されるまでは、結論を急がないということです。事件は予断をもっては本当に危険だ」

　中原が強い口調になった。

「分かりました」

　と言って、中原が玄関を出て行くのを見送った。

　リビングに戻っても落ち着かない。保温したままになっていたコーヒーをカップに注ぎ、珠乃から貰った手作りクッキーを手に取り、二つに割ったが口には入れなかった。

母の顔がちらつく。

それは、もちろん有子が九歳のときの母の姿だ。にもかかわらず、浮かんでくる顔には、なぜかあの男に殴られた痕《あと》があった。

このまま中原を待つのは耐えられない。

有子は河東に連絡してみようと、祭壇の前に置いてある弔問客リストを見た。

河東の住所は、大阪府高槻市になっていた。ここからだと電車で一時間あまりの距離のはずだ。高槻に自宅のある教授が、そんなことを言っていた。

河東とは、父が三松電工に勤めていたとき何度か会ったことがある。お通夜にも告別式にも駆けつけてくれたはずだが、あまり覚えていない。三松電工は出向が多く、現在どこの支社、営業所にいるのかは分からなかった。

リストにある自宅の番号を暗記し、テーブルに戻って携帯電話を手にする。

時計を見ると三時前だった。奥さんしかいないであろう時間帯なのが気になったが、思い切って電話をかけた。

「はい」

やはり女性が出た。

「私、生田といいます。以前、三松電工におりました生田有正の娘ですが、河東さんにお伺いしたいことがありまして……」

先方の反応を待った。

「父は会社に行っておりますが」

娘さんにしては落ち着いた声だった。

「申し訳ありませんが、お電話番号を教えていただけませんでしょうか」

さして疑うこともなく、娘さんは河東への直通ナンバーを教えてくれた。

すぐに河東につながり、午後七時にＪＲ大阪駅の中央改札口で落ち合うのはどうかと言われた。

中原が母を連れて帰ってくるかもしれない、と思ったが承諾した。

これまで母親に会うために行動を起こしてきたのに、いざとなると逃げ出したくなった。

お母ちゃんをこの家に入れたくない。

ＪＲ大阪駅は混雑していた。河東の顔を探して雑踏を行き交う人を見ていたが、目が回りそうになる。

目を伏せたとき、声をかけられた。声のする方に顔を向けると、手を振る巨漢の河東がいた。前に会ったときより、一回りほど大きい印象だ。

ずっと前に何人かで、父に会いにやってきたことがあるが、体格のいい人という印象しかなかった。顔だっておぼろげにしか判らないから、声をかけてくれてよかった。

「急にお呼びして、すみません」

有子が頭を下げた。

「いやいや、こちらこそ待たせたみたいで」

「私もいまきたところです」

首を振って答えた。

「相変わらず人が多いですね。喫茶店へ移動しましょう」

改札を出てしばらく歩くと、Hホテルが見えてきた。その一階の端にある喫茶店を、河東は仕事の打ち合わせによく使うのだと言った。

ここも人でごった返していて、席に案内されるまで少し順番を待った。

「ちょうど、お疲れが出る頃でしょう。大丈夫ですか」

「ありがとうございます。少しずつ気持ちの整理をつけないといと思っています」

建前で発した言葉だが、本当にそうしなければいけないと思う。

「食事、まだですね？　サンドウィッチでもつまみましょう」

席に着くと、河東は有子が返事をする前に、ミックスサンドとクラブハウスサンド、ホットコーヒーを二つ注文した。

「お嬢さんもコーヒー党だって生田が言ってたんで、勝手に注文しちゃいましたが、よかったですね」

「はい」

お父ちゃんは、私のことを外では話してるんや。

「大変でしたね。お葬式に出ても、事件のことが信じられないです」

河東の鼻頭が赤くなり、目は充血していた。

「その節は、きちんとご挨拶もできなくてすみませんでした」

「そんなことはないです」

「すべて人任せで、私はただそこにいただけでした」

「当日動いていたのは会社の方々ですか」

「そうです」

「生田はいいところに再就職したんですね」

「はい。でも、なぜですか」

「この歳になると、別れの席に出る回数も増えるんです。会社のみんなが生田との別れを惜しんでいるのが、伝わってくる。形式的なものとは全然違うものですよ」

「そうかもしれません」

確かにジャスティス警備保障の社員の方が泣いてくれていたのを見た。

「お嬢さんもしっかりしてらした」

自分には娘が三人いて、同じ父親として娘を遺《のこ》す無念の気持ちは痛いほど分かると眉をしかめた。

「警察からの一報を受けてお通夜、お葬式と流れ作業のような感じで、私、あまり覚えてないんです。気づけば父がお骨になってて……」

正直な気持ちだ。葬儀直後はあった断片的な記憶さえも、時間が経つにつれて薄れていく。

母を探しに仙台へ行ったことの方が、より鮮明な記憶になっている。父のことを、母が忘れさせているような気さえしてくる。

「ぼくの母親が他界したときもそうでした。あれよあれよという間に、終わっていた。そんなもんですよ。ただ、二年ほどした頃だったかなぁ、ふとお葬式であったことをはっきり思い出したんです。人間の記憶って妙なもんですね。見たもの聞いたことは、すべて記憶に留められているんだって言う学者もいるくらいですよ」

「見たもの聞いたことすべてを？」

と尋ねたとき、サンドウィッチとコーヒーが運ばれてきた。

「どうぞ」

と勧めてから、河東は続けた。

「覚えているというのは、それを思い出せるから成立するんですよね。でも本当はすべてのことが、右脳なんかに画像で収納されてるんだそうです。きちんとした記憶は、その画像に名前が付けられている。だからその名前で検索すれば、仕舞われた画像を簡単に呼び出せる。ただぼうっと眺めただけの風景やなんかは、画像と名前がばらばらで結びついてない状態なだけ。でも何かの拍子につながることがあるそうです。するとはっきりとした記憶として思い出す」

河東は太く短い指でサンドウィッチを摑み、口へ運んだ。

「全部覚えてるのも、何だか怖いですね」

金魚の記憶がまさにそうなのかもしれない。

「業《ごう》というのも、そんな類《たぐい》のものとちがいますかね」

有子には、聞き慣れない言葉を河東は使った。

本人は知らないが、心の奥底に見たもの聞いたこと、何より自分がした行為のすべてを覚えておく場所があるらしい、と河東は笑った。

「怖いな、と思ったのは、行為だけではなく、考えたり、思ったりしたことも記憶されてしまってるというところです。ぼくなんか、頭の中で会社の上役に悪態ばかりついてますから、参りますよ」

「それが業、ですか？」

「業は行為そのものを指す言葉らしいですが、それが悪ければ、その結果もよくない。ぼくは毎日、悪業ばかりを重ねて生きてます。だから結果を思うとぞっとして。できるだけ考えないようにしてますよ」

「悪い行為をして、よくない結果……」

有子はカップのコーヒーに目を落とした。

「ああ、何だか変な話になっちゃってすみません」

「いえ。私、事件が起こってから、なぜ父が殺されなければならなかったのか、ずっと考えてます。いったいその原因はどこにあるのかって。だからいまの話を聞いて、父は私の知らないところで悪いことをしてたのかって、そう思って……」

「そんな風に思われたのなら、謝ります。これは一つの考え方です。生田が悪いことをした、その報いだなんて、ありえない。ぼくはそう思ってます」

「でも、どんなことも原因があるから結果があるんですよね」

「……うん、難しいですね」

「栄養学でも、その原因と結果で成り立っているところがあります」

医学が、すでに病気になっている人を対象にしているのに対し、栄養学は現在健康な人を対象としている。何を食べれば健康でいられるか、また元気で過ごせるのかを研究するのに、食品が体内で吸収されどう影響を及ぼすかは、因果の追究といってもよかった。同じ栄養素でも、元気の素になることもあれば、その調理の仕方や量によってリスクを産む。

栄養学の教授の受け売りだと、有子は語った。

「因果か。確かに生田の事件にも因果があって、その結果が不幸なものだと仮定するならば、生田に何か問題があったといえるかもしれません。けれど、いまお嬢さんが言われたように同じ食品でも、薬にも毒にもなるでしょう。だから人の行為も善悪がある。ですがそんなことはぼくら凡人には決められないんじゃないでしょうか。そうか、お嬢さんが生田のことをもっと知りたいって電話で言ってたのは、そういうことか」

コーヒーを飲み河東は言った。ふくよかな体形の人が食事をすると、どんなものでも美味しそうに見える。

「父のことを、何も知らないって気づいたんです。こんなことになった原因が知りたいと思っても……」

「で、ぼくのことを思い出してくれたんですね」

有子はうなずいた。

「ぼくで分かることなら協力します」

「ありがとうございます」

河東を見ていて、食欲はなかったがサンドウィッチをつまんでみたくなった。

「実は、六甲山で男性の遺体が発見されました」

と言ってから、パンを口に入れた。タマゴのほんのりとした甘みとマヨネーズの酸味、キュウリの爽やかな香りが分かる。

「ああ新聞で見ました。その男性が生田を刺した犯人の疑いもあると書いてありましたが、やっぱりそうだったんですか」

新聞にはまだ確定的なことは、報じられていなかった。男性が自殺ではないかということ、所持品と見られるものの中に血液などの付着した包丁があったことが書かれてあった。そしてその血液の分析の結果、父のものである可能性が高いとだけ触れていた。

「まだ、はっきりしてません」

中原が言っていたことを考えれば、断定しない方がいいだろう。

「ただ、その人の名前を今日聞きました」

有子はコーヒーで喉の渇きを癒した。

「お嬢さんは、被害者の家族ですものね」

「及川明といって、神戸市の北区で牧場をしています。及川牧場というのですが、ご存じないですか」

「及川牧場という名前は、聞いたことありますね」

「あっ。やっぱり父と何か関係があったんですね」

「関係があったかどうかは分からないのですが、生田から聞いたことがあります」

「どんな風に言ってたんですか」

有子は水を口に含む。

「去年の暮れに、三松の親しかった連中と忘年会をやったんです」

「その席で及川牧場のことを？」

「ええ、ですが、及川という人物を知っているという感じではなかったですよ」

忘年会の参加者は父を入れて六名、鍋を突き合いそこそこ腹を満たした頃、それぞれの家庭の話になった。

「息子の大学受験が大変だったとか、娘が彼氏を連れてきて大騒ぎになったとか話しているときに、みんなに聞いたんですよ。及川牧場って知ってるかって」

それは、あまりに唐突な問いかけだったようだ。

「脱サラして始めた家族経営の小さな牧場だろうって、神戸に住んでいる岡本という者が、知ってました」

「それで父は何と言ったんですか」

「その牧場がどうかしたか？　と尋ねたんですけど、いや何でもないって誤魔化した。話の接ぎ穂がないっていうか、一瞬ですが、しらけた空気が流れました」

お酒が入ると陽気になる質《たち》の父にしては、珍しい態度だったそうだ。

「その後、まったく牧場の話はしませんでした。でも及川牧場の名前は鮮明に記憶してます」

「そうですか。父は何のつもりでその牧場のことを持ち出したんでしょう」

父は気になっていたから口に出したにちがいない。それにしてもその半年後、及川に殺害されたのだとしたら、いったい及川との間に何があったというのだろうか。

「河東さん自身も、及川という人をご存じないんですよね」

「及川って姓に心当たりはないです。それに三松は酪農家向けの製品がありませんからね。搾乳に関しても、また牛舎に関連する照明や空調設備にしても、うちよりも専門的な会社があります」

三松電工を通じて及川と知り合ったのではないと思うと、河東が自分の意見を述べた。

「といって、転職後はなおさら牧場との接点があるとも思えませんがね」

河東が首をかしげた。

「殺したいほど恨むなんて、よほどのことですものね」

それなりに深い付き合いが必要だ。

「恨みを晴らした後に、自殺したとなれば、かなり濃密な関係だと、常識的には思いますね」

及川が遺した『たいへんな過ちを犯してしまった』という文言は、詫びているようにとれる。良い方に解釈すれば、父を殺害したことを後悔している。殺意を抱き、それを実行してみて初めて罪の大きさに気づいたのか。

それほど犯行を隠そうとしていた節がない点からも、きちんと計画を立てたとは思えない。

ついカッとして、というテレビドラマでよく聞く台詞が頭をかすめる。

有子は、メモの内容には触れず、自分の感じたことを河東に語った。

「考えられないな」

河東がうなるような声を出した。

「いや、生田がそんなに恨まれるなんてことが、考えられないんですよ」

「私も父を信じたいです」

と発した言葉だが、語尾の力が抜けていく。

「信じたい、か。逆にお聞きしたいんですが、お嬢さんが、生田の方にも何か原因があるのではと、少しでも疑いを持っている理由はなんですか」

「自分でもよく分かりません」

父に原因があると思っている訳ではない。一〇〇パーセント殺した人間が悪く、憎くて仕方がない気持ちに変わりはなかった。

にもかかわらず、父を一点の曇りなく信じ切れてないのも事実だ。その曇りの正体が見えていない。

「だから、父のことを知ろうと思って……」

そう声に出したとき、やっぱり母の顔が浮かんだ。

母だ、母のせいだ。

逃げられていながら、その母の帰りを待っていた父。そんなに未練があるなら、居場所を知ったときなぜ行動を起こさなかったのか。あの浅井静夫のところから取り返せばいいはずだ。

そんな疑問が、心を曇らせているのにちがいない。

「生田に関しては、一つだけ不思議だなと思っていることがあります」

重苦しい空気を払うように、河東が明るい声を出した。彼の声質は、オペラ歌手のように高音で張りがあり、しなやかだ。

「何ですか」

「麗子さんとの結婚です」

母を麗子さんと言ったことで、河東が有子の生まれる前から両親を知っているのだと再認識させられた。

「母との結婚が不思議だったんですか」

「彼が岐阜支店の工場へ出向しているとき、ぼくは大阪本社にいたんです。ですから赤座麗子さんと知り合ったこと、交際を始めたということも電話で聞いたんです。手紙も何通かもらったかな」

その間、河東は父の目を通して、母を知っていったということになる。

「生真面目な生田が、奔放《ほんぽう》な麗子さんに惹かれていくのが、手に取るように分かりました。同時に心配でした」

「奔放というのは、どういうことですか」

父以外の男性と家出をした母なのだから、奔放にはちがいない。けれど交際中にも、その片鱗《へんりん》を覗かせていたのだろうか。

「まず、麗子さんが旧家のお嬢さんで、家というものに縛られていた。そしてその呪縛を解き放とうとあがいていたということを、しきりに生田は繰り返してました。つまり、そのあがきというのが……」

「あがきが、何なんですか」

言いにくそうな顔をした河東に尋ねた。

「派手な格好で名古屋の街へ繰り出し、夜遅くまで飲み歩くという行為に走らせたようです。生田は、それを何とか止めさせようとしてました」

派手好きであることはよく知っている。でも飲み歩いていたというのは初耳だ。

しかしそれを聞けば、母が仙台で夜の仕事をしていたとしても驚くことはない。

「そんなことを繰り返していると、悪い遊び仲間も当然のことながらできる訳です。交友関係についても、生田は悩んでいた時期があります」

「初めから、父とは合わなかったということですね」

「お嬢さんには申し訳ないけれど、正直言って、ぼくはそう感じていました」

家庭を捨てたのだ、河東の直感は当たっていたということになる。

「父は母とどこで出会ったんですか」

父の性格と生活圏からは、接点が見当たらないような気がした。

「知り合ったきっかけは、つくば万博です。と言ってもお嬢さんには分かりませんよね。正式には国際科学技術博覧会と言うんですが」

「人間・居住・環境と科学技術」というテーマで一九八五年三月から九月まで開催された国際博覧会だと河東が説明した。会場が茨城県筑波研究学園都市というところだったため通称「つくば万博」と呼ばれた。三松電工もそこへパビリオンを設置していたのだそうだ。

現在声高に環境問題が語られているが、昔から科学技術による環境共生は大きなテーマだったと、当時を河東は振り返る。

「パビリオンでの手伝いを募集したんです。大部分は三松の社員でまかないましたが、若干名のアルバイトを雇用しました」

「そのアルバイトに母が応募したんですか？」

「応募者の中でも麗子さんは目立ってたって噂です。ぼくら下っ端は審査にまったく関わってないから分からないけど、整った顔立ちとスタイルは突出してたんじゃないかって」

初めて聞くことばかりだ。

有子とこの母さん、すごい美人やからうらやましいわ。

二年生の参観日に友達が言った言葉が、浮かんだ。自分のことのように嬉しかった。それは幼稚園の頃からずっと抱いていた優越感だ。とにかく母がきてくれる行事が待ち遠しいのだ。そうだ、母は自慢の存在だった。

きれいで優しくて、美味しい料理をいっぱい作ってくれる母が、とたんに悪い妻、ひどい母と言われるようになったことに有子は耐えられなかった。

自分の気持ちが見えてくると、母への怒りが再燃してくる。

「お嬢さん？　こんな話は聞きたくないですか」

河東の声が、思いにふけっていた耳に届いた。

「いえ、ちょっとびっくりしただけです。母がそんなアルバイトをしてたなんて知らなかったから」

小学校三年までの有子の洋服は、誰が見ても可愛くて派手な色目のものだった。それ以後の洋服は、暗いものが多い。意図してそうなったのではなく、自分の好みに従っただけだ。でも深層心理では、反発してたのかもしれない。母の過去は知らなかったけれど、彼女からにじみ出る「色」への抵抗だったのだろうか。

「社の命で各支店、営業所から五日間ずつサポートに駆り出されたんです。麗子さんからしてみれば、岐阜工場の人間という親近感があったんでしょうね。それに生田は神戸出身、麗子さんは神戸の短大卒業だ。休憩時間に意気投合したみたいです」

父は、つくば万博での五日間で母を見初《みそ》めた。

「母は父のどこに」

と言ってから、それは河東に聞いても仕方のないことだと思った。

「生田も同じことをよく言ってました。自分のどこに彼女は惹かれたんだろうって。それを聞いてぼくは、彼にはっきり言ったことがあります」

「母とのことについて、ですか」

「ええ、合わないいんじゃないかって。しかし生田はどんどんと麗子さんへの思いを募らせていきました。所帯を持った後、こんなことを言ってましたね。麗子さんは、ただ家から連れ出してくれる人間を捜してたんじゃないかと」

「そんな。それじゃあまりに父が可哀想です」

声を上げ、河東を睨んでしまった。

「確かにそうです、可哀想ですよ。だけど当の生田は気にしてない。嬉しそうだと言ったら語弊があるでしょうが、笑って言ってのけるんです」

それは家出をされても、金銭的援助をしているかもしれないことを思うと、どことなく分かる。

「父は何を考えてたんでしょう」

「その辺は、ぼくにもさっぱり」

河東が大きく肩で息をした。

そのとき有子の携帯電話が振動して、テーブルの上で踊った。ディスプレイには中原の番号が表示されていた。

「どうぞ、出てください」

河東に促されたが、躊躇した。用件は母に関することにちがいない。

有子は両手で電話を握り締めた。

「いままだ仙台です。明日の夜時間取れますか」

中原の低い声が聞こえた。

「大丈夫です。あの……」

「お母さんは、今夜病院で一晩過ごすことになりました。表面的な怪我は大したことないようですが、明日ＭＲＩなどの精密検査をします。その結果、異常がないようでしたら一緒に戻ります」

「母、何か言ってましたか」

見知らぬ男性が、娘の代理として会いにきたのだ。普通ではないことに、何か一言あってもいい。

「驚いておられました。いまはこちらの事情を詳しく話せるような状態ではないので。とにかく戻ってから」

「よろしくお願いします」

今夜母が戻ると思い込んでいたため、明日へ日延べされて身体の力が抜けた。

「麗子さんが見つかったんですか」

電話を切ると、河東が身を乗り出した。

返事の代わりに瞼《まぶた》を閉じた。

「皮肉だな。生田が遠くへ逝ってしまってから見つかるなんて」

くしゃくしゃな顔で悔しがった。

「で、どこにいるんですか」

慌ただしく訊いてきた。

「仙台です」

「仙台か。三松の営業所も工場もあるのに見つけられなかったのか。じゃあ麗子さんはこちらに戻るんですね」

「その辺は、まだ何も決まってません。居場所が分かったばかりですので」

「そうですか。大変でしょうけど、ぼくも力になりますから」

「ありがとうございます」

有子は河東の携帯番号を教えてもらい、彼と別れた。

4

結局、浅井の暴力により首を痛めていた母の検査入院は二日間延び、五月十日の日曜日、午後三時に自宅で会うことになった。中原は、その間母に付き添ってくれていた。

神経が高ぶっているのか、休日なのに朝六時頃に目が開き、何をするでもなく時間が流れていく。

やはり食欲はなく、バナナとホットコーヒーだけで朝昼兼用の食事を済ませた。何度も時計を見ては、小さく溜息をつく。

河東から聞いた父の言葉が胸につかえていた。

――ただ家から連れ出してくれる人間を捜してた。

午後三時五分前、表に車の駐まる音がした。

一旦、リビングのソファーから立ち上がったが、すぐに座り直す。

「お帰り」などとはけっして言えない。

力んで丸まっている足の指先を見る。握り締めた手が汗ばんでくる。

それでも、母親だから、家族だから父の死をきちんと伝えなければならない。

かき消しても幼稚園の頃の母の姿が頭の中に現れる。

寂しかった。

そんなことは絶対に言わない、言いたくない。

靴下の中で、たぶん白くなるほど力んでいる足の指とは対照的に、力なく弱々しい膝を抱え込み顔を上げた。

　がらんとした家にインターホンの音が響く。

　反射的に立ち上がり玄関に向かった。ドアの中央にある小さな明取のガラス部分に中原の影が映る。その後ろに微かな人の気配があった。細く長身の影がゆっくりと中原に寄り添うのが分かった。

「お嬢さん、中原です」

　中原の声に、慌てて錠を外した。

「どうぞ」

　声が掠れる。

　ドアが開くと有子は目を閉じた。

「お母さんをお連れしました」

　目を開けると、中原の広い肩から母の顔が覗いていた。

「有子」

　抑揚のない低い声だった。

「上がってください」

　有子は母に返事をせず、中原に向かって言った。母を正視できない。

リビングに向かおうと二人に背を向けたとき、父が使っていた靴べらが目に入った。新聞購読の契約でもらった粗品だ。

珍しくもない靴べらに、突然唇が震え涙が溢れた。

嬉しい訳でも悲しい訳でもないのに――。

「コーヒー淹《い》れます」

それだけ言うと、二人から逃げるように台所へ入った。ハンカチで拭うのだけれど、止まらない涙に追っつかない。水道水で顔を洗い、タオルを出して拭いた。充血した目と、腫れぼったくなった頬を冷やす。

「変わったわね」

後ろで声がして振り返った。

母がライトブルーの地にオレンジ色の花を散らしたワンピース姿で、腰に手を当てて立っている。

痩せて、唇の端が赤黒く腫れていたが、思っていたほど老けていない。自分なんかよりも、華やいで見えるかもしれない。

母が変わったと言ったのは、有子のことか台所の配置なのか。どちらにしても、十年以上も放りっぱなしにしておいた娘に、他にかける言葉はないのか。

「お父さんに謝ってよ」

吐き捨て、タオルを頬に当てたまま睨んだ。

「ほんと驚いたわ」

やはり母の言葉には抑揚がない。感情を押し殺しているのだろうか。それとも父の死に何も感じていないのか。笑っていないだけで、これでは金魚が死んだときと変わらない。

「謝って」

「いきなり生田の友人だって人が、警察署に現れたんだもの」

有子の言葉を無視して母が続ける。

「有子の了解も得てるって言うじゃない。それに、こっちの警察の刑事も私に事情を聞きたいんだって。神戸に帰ってこられる義理じゃないんだけどね」

「私の言ったこと、聞こえんかったん？　お父ちゃんに謝ってって言ったんよ」

「あの中原さんが、警察に行く前にあんたに再会しろって言うから」

「悪いと思とらんの？」

「有子には悪いことをしたと思う。大人の責任を果たさなかったんだから」

「何、それ？　全然謝ってへんし」

と言ってはみたが、謝って欲しいとは思っていない。言葉で謝ってもらっても何も変わらない。かといって、自分でもどうしたいのか分からない。こんな気持ちなど伝えられそうにもない。

「あら、コーヒーメーカーがあるじゃない」

それだけ言うと、三松電工のコーヒーメーカーに近づこうとした。

有子は素早く、母の前へ立ちはだかった。

「触らないで！」

父の大事にしていたものに触れて欲しくない。

「あっちで待ってるわね」

目の前でターンした母の身体から、強い香水の匂いがした。

「お線香ぐらいあげられないの」

母の背中に言った。

しかし母は何も答えなかった。

三人が席に着いたところで、中原が事件のあらましを母に話した。

「生田さんは事件のことを知らなかったと言ってましたが、それは本当ですか」

中原が尋ねた。

「中原さん。生田ではなく麗子と呼んでください」

「分かりました」

と答えた中原に有子が目を遣る。

生田と名乗られるのも嫌だが、離婚していないのだ。生田姓で呼ぶのは当たり前ではないか。

「ほんとに知りませんでした。浅井に聞いてびっくりしたんです」

「では小豆島のホテル・オリーブという名前を聞いたことはありますか」

という中原の言葉で、父が行こうとしていた旅行の件が解決されていないことを思い出した。

「いいえ。知りません」

父と旅行するはずだったのは、母ではないのか。

「生田さんが旅行するという話も聞いてませんか？」

「中原さん。私は生田とは音信不通だったんですよ」

「しかし、我々は生田さんの住所録から、あなたに行き着きました」

中原の言葉に母の表情が変わった。

「音信不通は、嘘です」

母はすんなり認めた。

河東の話の中に出てくる母もそうだったが、いま目の当たりにしているのも、有子の知る母親ではない。

情けない気持ちになった。言葉に誠実さを感じられない。

「嘘？　というと」

「数回、お金を融通してもらいました」

「図々しい」

母の顔を見ないで、コーヒーカップに向かって言った。母にも聞こえたはずだ。

「口座振り込みなら住所は必要ない。やはり目的があったのではないですか」

中原が穏やかな口調で訊いた。

「中原さんは想像力が逞しいですね。白状しますと、現金書留にすることを、お金を融通する条件に生田が出したんです」

家を出てしばらくは、お金が入り用になれば母から一方的に電話をし、母の郵便口座に振り込んでもらっていたらしいが、八年目ぐらいに口座扱いではお金は貸せないと、父が言ったのだという。

口座振り込みでは摑めない母の居場所を、現金書留という形で掌握しようとしたのか。そんなことで再会を信じていたのなら、それはあまりに父が惨めだ。お金を受け取るためだけの住所をでっち上げることもできるからだ。

いやしかし、仙台の住所はデタラメではなかった。母は自分の居場所を父に伝えていた。

いったい何を考えとんよ。

有子は母の瞳の奥を覗き込んだ。

「生田は、及川という人に殺されたんですよね？　そしてその人も自殺したんだとしたら、この事件はもうおしまいでしょう」

不満げな表情を母は中原に向ける。

「私は事件を調べているのではありません。生田さんの友人としてお聞きしているんです。彼は人に殺されなければならない人間ではない。そう確信している。納得がいかないんですよ」

中原が、母を凝視した。

「でも人間生きてたら、それなりにいろいろあるんじゃないですか」

中原の視線を嫌ったのか、母は煙草をバッグから取り出した。

母が煙草を――。そんな姿見たことはなかった。

灰皿を探しているのだろうか、母は辺りを見回す。灰皿などうちには置いていない。

「そうか。有子も飲まないのね」

封を開けたが、母は残念そうに目の前に置いた。

「未成年よ」

答えたくもないのに、口から出た。

「そうか、そうだったわね」

母は娘の年齢も覚えていない。父がこんなことにならなければ、やはり戻ってくる気もなかったのだ。

「あなたは、生田さんが殺害されたことをどう思っているんです？」

「殺されたことは、気の毒だと思います」

「気の毒？　それだけですか」

目をしばたたかせ、中原が尋ねる。

「刺されるなんて怖い。でも中原さん、人間長く生きてもたかだか百年です。長い歴史から見たら四十年も五十年も、百年っていったって一瞬じゃないですか？」

煙草を元に返した箱を恨めしそうに眺めながら、母が訊いた。

「だから？」

　中原が首を傾《かし》げた。

「大差ないってことですよ。少し早かったぐらいのことです。必ずみんな死んじゃうんだから」

「それは一つの考え方でしょう。しかしあなたの言うように一瞬としか思えない生涯だからこそ、何が何でも生き切らないといけない、と思っています。誰にも、懸命に生きる人を阻む権利はない。だから犯人が憎い。それが自然な感情ではないですか」

「その犯人、自殺したんでしょう。もうどうしようもないじゃないですか。さて母子の再会もできたことだし、垂水署に連れてってくださいな」

「酷い、酷いよ」

　母の態度に堪らず声になった。

「そりゃそうでしょう。十年も家庭を放ったらかしたんだから、酷い母親に決まってるじゃない！」

　母は首の後ろに手を当てながら、苛ついた言い方をした。

「……」

　何も言えなかった。言葉が出ない分、せっかく収まった涙は流れ出す。

「麗子さん、垂水署に行きましょう」

席を立った母に中原が声をかけた。

「有子。やりたいことしなさい。すぐに年取っちゃうから」

「……ほっといて」

声が詰まって、それしか言えなかった。

会うんじゃなかった。会わなければ、母が神戸に帰ってこられない事情を、あれこれと都合のいいように想像できたのだ。それがたとえ妄想であっても、こんなに悲しい思いはしなかっただろう。

「お嬢さん、また後で」

中原がそう言って、母を連れて出て行った。

テーブルに顔を伏し声を上げて泣いた。しばらくそのままで、動けなかった。

絞り出す涙もなくなった後、顔をあげた。テーブルの上に置き忘れられた煙草の箱が、ぼやけた目に映る。

箱を手に取った。中を覗くと細い煙草がぎっしりと詰まっている。封は切られているが、一本も吸われていない。そのせいか煙草の葉とメンソールの強い香りがした。

子供の頃、母のエプロンからは、煮物の匂いがした。母の部屋でこの間嗅いだ化粧品の匂い、いまはこのメンソール煙草の香りと変わった。

握りつぶしてごみ箱に捨ててしまおうとしたが、メンソールは胸がスッとする香りで、手が止まった。

母にどうして欲しいのか、はっきりしない自分に腹が立つ。

きりきりと胃の辺りが痛み出した。空きっ腹にコーヒーがいけなかったのか。

有子はもう一度煙草の箱に顔を近づけ、ゆっくりと息を吸った。

「お嬢さん」

と呼ぶ声で目を開けると、薄暗い。どうやらテーブルへ突っ伏して眠ってしまったようだ。

「勝手に上がってすみません。でも鍵がかかっていなくて驚きましたよ」

中原が壁のスイッチを入れると、部屋がまぶしいほど明るくなった。

「すみません。ちょっと……」

言い訳をしようとしたが、何も思い付かない。

「お母さん、今晩は新神戸駅の近くのホテルに泊まるそうです」

「そうなんですか」

この家に戻ってくるとは、初めから思っていなかった。

「大丈夫ですか？」

「会わない方が良かった……」

唇を噛みしめ、右手で髪をかき上げた。指の間からメンソールの匂いが漏れた。

「私はそうは思わない」

「でも、どんどん母親像が壊れていくんです」

「うん、いまはそうかもしれない。そうだ、これを買ってきたんです」

中原は、どこかのホテルのロゴが入ったビニール袋を見せた。

「カボチャスープとフランスパンです。パンは無理でもスープは飲めるでしょう？」

「ありがとうございます。でも」

欲しくなかった。

「ずっと食欲がなかったみたいですが、少し食べないと。身体にいいんですよねカボチャって。栄養についてはお嬢さんの方が専門だから、気の利いた蘊蓄《うんちく》は披露できませんが」

中原が微笑んだ。

彼は、ちょっと借ります、と言って台所へ行き、スープを適当な皿に移し電子レンジで温めるとテーブルまで持ってきてくれた。カボチャの甘い匂いが漂う。

「パンはオーブントースターで少し焼きましょう」

「スープだけで結構です」

「そうですか。じゃあ召し上がってください」

そう言ってスプーンを手渡してくれた。ひとすくいすると、温かな湯気が頬へと上がってきた。

「カボチャはカロテン、ビタミンB群、C、E、カリウム、食物繊維などが……多く含まれていて」

涙を隠すようにうつむいて、カボチャの栄養素を口にする。

「……風邪の予防、食欲増進に役立ちます。また種子に多く含まれているリノール酸が、動脈硬化予防や低血圧の改善……」

「栄養がいっぱいつまっているんだ。で、いかがですか、肝心の味は」

「美味しい、です」

「それはよかった」

「どうしてですか？　なぜ中原さんは私にそんなに優しくしてくれるんですか。実の母親からも捨てられた私なんかに」

上目遣いで中原を見たが、すぐ皿のスープに視線を落とした。

「お嬢さんは捨てられてなんかいない」

中原の声が、強く重い調子に変わった。

「さっき見ましたよね。母が出て行ったとき私は九歳でした。いままで誰が育てたと思っているんでしょうか。なのに大きくなったわね、の一言もないんです。あの人にとって私なんてどうでもいい存在なんです」

「そんなことはありません」

「いいんです、慰めなんて」

「慰めや、気休めで言ってるんじゃない」

中原が、母の置いていった煙草の箱を手にして、

「やっぱり、置いていきましたか」

とつぶやいた。

「置いていった？」

忘れていったのではないのか。

「お母さんが普段吸っている煙草は、これじゃないんです」

「母が何を吸っているかなんて、私には関係ありません。うちでは煙草を吸う人間は

いませんから」

「お嬢さんが、産まれてからはね」

自分が産まれる前は、母が煙草を吸っていたということなのか。

「このメンソール煙草には、ご両親の思い出があるんだそうです。だから、わざわざ仙台の空港でその銘柄を探して、買われたんです」

そのとき母が語ったのだそうだ。

「病院でも、機内でも、私の質問にほとんど答えてくれませんでした。ただこれに関してだけは、自分から話されたんです」

中原が手に持った煙草の箱を一瞥《いちべつ》した。

「お母さんが生田さんと知り合ったとき、この煙草が一役買ったんだそうです」

「二人が知り合ったのはつくば万博だと、聞きました」

有子は河東から聞いた、若かりし頃の父と母のことを中原にしゃべった。

「なるほど。そこまで詳しく話されなかったが、これで状況がよく分かりました。つくばでアルバイトをしているときに、休憩室で年上のアルバイト女性から、煙草を勧められたと言ってましたから。それがこの銘柄です。ただ吸った場所が悪かった。禁煙室だったんです。喫煙現場を上司に見つかってしまったんだと、お母さん、当時を思い出して苦笑してました」

　クリーンなイメージの三松としては、アルバイトといえども放っては置けないということになった。

「そのときお母さんを庇《かば》ったのが、生田さんだと言ってました。禁煙室で吸ったことは悪いが、気分転換は誰にでも必要だって。以来、二人は喫煙ルームで、もっぱらこのメンソール煙草を吸っていたらしいんです」

「河東さん、そんなこと一言もいってませんでした」

「生田さん、無理に吸ってたんですよ。吸えないのに。だから友人にも恥ずかしくて言えなかったんじゃないですか」

　煙草の煙を肺には入れず、口に含んでは吐きだしていたことを母は知っていたという。それは母自身も、そうだったからだ。

　お互いに背伸びをする高校生のようだった、と母は懐かしんでいたらしい。

「そのとき以来、生田さんは煙草を口にしていないということでした。つまりこの煙草をつくばで吸ったのが、最初で最後だったんですよ」

「どうしてそんなことを」

「お母さんと話がしたかったんでしょう」

「そのためだけに」

「恋とはそんなもんです」

「馬鹿みたい。あっ、すみません。父のことです」

「無邪気じゃないですか。飛行機の中でね、この煙草を、仏前に供えたいってお母さん言ってたんです」

「煙草を、ですか」

「いまお嬢さんから聞いた話だと、出会ったときの五日間だけ吸った煙草、その思い出をお母さんは持ってきたことになる」

「母は自分で吸おうとしたんじゃないってことですか」

「お母さん流の供養の仕方なんだと思います。お線香の代わりですよ」

母は有子が生まれるまでは煙草を吸っていたという。しかしメンソールは口にしてはいないのだそうだ。

「お父さんとお嬢さんを放って家を出たのもお母さんだが、出会ったときの思い出を大切にしているのも、紛れもなくお母さんです。一概に捨てた、捨てられたというほど単純ではないのが人間ですよ。一面だけを見て、自分を卑下するお嬢さんは間違っている」

「先ほど尋ねられましたね。どうしてお嬢さんに優しくするのかって」

小さくうなずいた。

「……………」

「それは生田さんが、お嬢さんを本当に大切に思っていたからです。大事に大事に慈《いつく》しむ生田さんを見ていると、私も家内も幸せな気持ちにさせられました。うちには子供がいませんから、子育ての実際の苦労は分かりません。でも生田さんは宝物を育ててこられたと思ったんです」

中原が一旦言葉を切って、大きく息を吸い込みゆっくりはき出す。

「みんな、自分にとって大切な人がいます。だから分かり合える。生田さんの代わりはできないですが」

中原の優しい視線が向けられた。

「これから私は、どうすればいいんでしょうか」

中原に聞くことではない。それは分かっているが、穏やかな彼の眼に甘えたかった。

「厳しいことを言いますが、まずは自立することです。自分の足で歩いて、生きていくことが基本になる」

生田有正の娘でも、生田麗子の子供でもない生田有子になることだと、中原が強い口調で言った。

「そうだ。忘れるところでした。お母さんから聞いた携帯電話の番号、ここに置いておきます」

と言うと中原は、スーツの胸ポケットからメモ用紙を取り出し、テーブルの上に静かに置いた。

第四章　葛　藤

1

五月十一日　月曜日

明くる日の昼、母がホテルから姿を消したという連絡を、平川刑事から受けた。母への事情聴取はすでに済んでいて自由の身ではあるが、浅井静夫に対する告訴手続きが完了していないことを、平川は心配していた。

「本日、うちの署に告訴の取り下げの連絡が入ったんです。それで、確認しようと宿泊先に電話をしましたら、チェックアウトされてまして。昨夜はしばらくこちらに滞在するということでしたんでね」

平川は、母が有子の元に戻っているのではないかと思い連絡してきた。

「ここにはいませんし、何の連絡もないです」

「そうですか。診断書もありますし交番に助けを求めた状況、目撃者など告訴の要件に不備はありません。本当に取り下げるのか、担当官が確かめたいらしいんです。携帯電話は通じないし、もしそちらに連絡があったら、うちの佐々木という者に電話するようにお伝え願います。それから今日の夕方頃なんですが、おられますか」

「はい」

今日は短大に行かず、溜まっているレポートを書いていた。まったくはかどる様子もなく、たぶん夜遅くまでかかるだろう。

「捜査状況をお伝えするのと確認したいことがあります。ご協力を」

「分かりました」

受話器を置いてから、どこまで人騒がせな母親なのだろうと溜息が出た。

気になってレポートどころではない。告訴を取り下げるということは、浅井を許すつもりなのだろうか。

少し前、だめんずウォーカーという言葉が流行った。端から見ればどうしようもない男性を愛してしまう女性たちのことだ。そんな女性たちの中で、暴力をふるわれ、大怪我をさせられても許す者がいると聞いたことがある。どうして許してしまうのか、理解できなかった。

母もそんな女性の一人だったのか。

それともここにきて、娘と再会したために気が変わったのだろうか。

私のせい？

有子は祭壇の下に置いた、メンソール煙草に目を遣った。

母は幸せだったのだろうか。

結局、レポートはほとんど進まず、午後六時頃に平川と金子の訪問を受けた。

「お母さんからは？」

ソファーに座るとすぐに平川が訊いてきた。

「連絡、ありません」

そう答えて茶を出した。

「どうされるつもりですかね」

平川は、中原から母の浅井への告訴手続きの件を頼まれているのだと漏らした。

「告訴しないと、どうなるんですか」

「内縁関係が成立している以上、警察は介入できなくなります」

「では……」

「多くの例では、元の鞘《さや》に」

「そんな……」

「診断書を確認したんですが、浅井からの暴力は今回だけではないようですね」

肋骨や手の指などに以前骨折した痕が認められた、と平川が言った。

「医師の所見では、鞭打ち症などからも日常的に暴力を受けているのではないかと」

「そうですか」

暗い気持ちになった。

同情しているのではない。中原が言ったように、父がそれほど思いを寄せている母が、他の男性からぞんざいに扱われていることが悲しかった。

「お母さんのことは、ご本人に任せるしかありません。お父さんの事件のことですが」

平川はそう言うと、金子を目で促した。それを受けて金子が手帳を開く。

「生田さんの爪の間から皮膚が検出されていたんですが、ＤＮＡ鑑定を行った結果、遺体で見つかった及川明のものと一致しました。及川が左利きだったこともはっきりしてます。これで及川の犯行は確定的となりました。問題は二人の接点です」

金子が視線を投げかけ、

「つまり、動機を明らかにするには生田さんと及川との関係が問題になってきます」

と補足した。

「私も調べてみたんです」

「ほう。何か分かりましたか」

二人の視線が注がれるのを感じた。

「分かったということではないんですけど」

河東から聞いた、去年の忘年会の席で父が言ったことを伝えた。

「やはり生田さんは、及川のことを気にされていたんですね」

平川は何かを知っているようだった。

「気にするって、どういう意味ですか」

「及川の行動を探っているうちに、ある事故が浮かび上がってきました」

平川が茶を啜った。

「事故？」

「ええ。及川には一人娘がいましてね」

「娘さん……」

なぜか、瞬間的に遺体の顔の睫毛を思い出した。

「ええ。及川も娘を持つ父親だった。その愛娘が事故にあったんです。その現場に生田さんがいらした」

「父が……事故の現場に」

事故と聞いて、中原から見せられた父の業務日誌を思い浮かべた。

——あの責任感のある若者と、女性に大事がなければと祈る気持ちで一杯です。

「お嬢さん、何か気になることがあるんですか」

「父の業務日誌に……」

有子は、中原から見せられた内容を話した。

「その業務日誌に書かれている事故のことです。お嬢さんもご存じだったんですね」

「はい。ですが、その怪我をした女性が及川という人の娘さんだったなんて」

中原も知らないはずだ。知っていたら犯人の名前を耳にしたとき、事故との関係を疑ったにちがいない。

「警察ではこの事故が、生田さんの事件と無関係ではないと考えています」

「娘さんが転落して怪我をしたことが？」

有子が訊いた。

「そのことを、及川が相当恨んでいたようです」

「恨むって、父に落ち度はないと、中原さんから聞いています」

「中原さんの立場では、そうおっしゃるでしょうね。しかし生田さんも日誌に記されているように、責任を感じておられる」

平川の言葉が、どこか突き放した言い方に聞こえた。

「女性の方が、勝手に……」

危険な場所に入ってきたのだ。

「状況は関係ないんですよ。とにかく及川が恨みをもっていたことは事実なんです」

「そんなの逆恨みです」

いくら娘が転落事故で怪我をしたからといって、父を刺し殺すなんて酷すぎるではないか。

母に再会したときと同じように、足の指に妙な力が入る。

「及川の犯行であること、そして動機が娘さんの事故現場に居合わせながら防げなかった生田さんへの怨恨、その線で落ち着くかもしれません」

「納得できません！」

「警察はこれ以上、死んだ人間の調べはできんのですよ。ご理解ください」

「いやです！　娘さんが大怪我をしたことで、どうして父が殺されなきゃならないんですか」

「及川に訊くことができないんです、これ以上」

平川が慰めるような口調で言った。彼に初めて役人的な匂いを感じた。

「本当に父を殺したいほど、恨んでたんですか。どうして。娘さんは亡くなった訳じゃないのに」

平川を睨んだ。

「お嬢さん、これは言いにくいんですが、ある意味亡くなったようなもんなんですよ」

「どういう意味ですか。大怪我だけど、命に別状はなかったんじゃないんですか」

「いや、かなり重篤な容態だと申し上げた方がいいでしょう」

平川は遠回しな言い方をした。

「でも……、亡くなった訳じゃない」

何があろうと死んでしまうのと、生きていてくれるのでは、その差は大きい。それがいまの有子の実感だ。

「現在及川の娘は、寝たきりの状態です」

「寝たきりって」

「話もできないし、器具の力を借りなければ呼吸もできない」

「……中原さんはそんなこと一言も」

「ご存じないでしょう。娘さんが倒れたのが、十月二十一日。転落事故から一週間ほど経ってからのことなんです」

打撲と右上腕骨と左尺骨の骨折の重傷だが、家族の希望で救急搬送先の病院から三日後、かかりつけ医の方へ転院した。異変が起こったのはそれから五日を経た頃だったと、平川は説明した。

「転落事故が原因なんですか」

持病を持っていたということはないのだろうか。

「現在入院している病院の医師は、転落事故の際にできた硬膜外血腫が原因だと言ってます」

「一週間も後に、そんなことがあるんですか」

「小さな出血が、徐々に一カ所に貯留した場合、起こることがあるという説明を受けてます」

有子はうつむくしかなかった。

「では、また何かあればご連絡します」

平川たちはそそくさと立ち去った。

見送りもせず有子は椅子に座ったままで、茫然と二つの湯飲みを見詰めていた。

及川の娘が、転落事故が原因で寝たきりになったという事実は衝撃だった。

『有子に何かあったら、父さんは仇討《あだう》ちするだろうな』

女性を殺害した犯人に死刑判決がでなかった、というニュースを見たときの父の言葉だ。

及川にとって、父は娘の敵《かたき》だった。

急に吐き気に襲われ、ソファーにうずくまった。胃は空っぽだから出るものはない。結局今日一日何も食べる気が起こらず、中原が買ってくれたパンにも手を付けていなかった。この家で一人になると、食欲が湧かなくなりつつある。

胃が締めつけられるように痛みだした。顔を上げて、電話台の下にある薬箱を見た。常備している胃薬が入ってる。

身体を動かそうとすると、臓器がよじれるような痛みが走った。

奥歯を嚙んで、痛みを堪えているうちに、涙が出てきた。痛いからでなく、心の中で叫んだ「お父ちゃん」という声が自分の耳に届いたからだ。実際に、こんなに苦しむ有子の姿を父が見たら、と思うと泣けてきた。

『生田さんは宝物を育ててこられた』

中原の言葉が蘇ってくる。

お父ちゃん堪忍して。有子はあかんたれです。人を憎むのもしんどい。けど、お父ちゃんをあんな酷い目に遭わせた人を許す気になれへん。お父ちゃん、どうしたらええの？

お父ちゃん、お腹、痛い。お父ちゃん助けてぇな。

けど、お父ちゃんの方がもっと痛かったんやろ。

そう思うと病院での父の姿が目に浮かび、また涙が溢れた。

痛い、痛い！　もうこのまま死んでしまいたい。

お父ちゃん。お父ちゃんに会いたい――。

有子は薬箱から目を離し、静かに目を閉じた。

「有子、大丈夫か」

リビングの入り口で声がした。

お母ちゃんか、戻ってきたん？

有子は勢いよく身体を起こした。しかし、そこに立っていたのは母ではなかった。

「やよい」

久しぶりに見る友人の顔があった。

「インターホン押しても反応ないし、鍵は締めてないし、ほんで呼んでも返事ない。仕方ないからちょっと失礼して上がらせてもろたら、テレビのサスペンスに出てくる死体みたいな格好で横たわってるんやもん。もう、びっくりした」

野球少年を思わせるショートヘアなのに、有子の何倍も女性らしい顔を近づけてきた。強い言い方だったが、やよいの目は笑っている。

「ごめん、やよい。ちょっと」

「顔色良うないな。無理もないとは思うけど、有子が倒れてしもたら何にもならへんで」

「うん」

「私なんかもうどうなってもええわ、なんてアホなこと考えてたんとちゃうやろね」

「えっ」

「図星やな」

「まさかそんなこと……」

「あかん、あかん。有子ほど嘘がはっきり分かる人間おらへん。心と裏腹なこと言うと、左目のまばたきの回数が増えるんや」

「私、そんな癖があるんか？」

有子は左まぶたを指で押さえた。

「やっぱり妙なこと、考えてたんやな」

「………」

「左まぶたのこと、嘘や」

「ひっかけたん？」

「ちゃう、有子が勝手にひっかかったんや」

やよいが笑いながら、ソファーに座る。その振動がなぜか心地よかった。

「新たな問題でも出てきたんか？」

やよいが真顔になった。

「うん」

有子は、新聞で報道されている六甲山中で見つかった男性遺体が、父を殺害した犯人だったとされていること、そして十一年前に家を出た母親と思わぬ再会を果たしたことを話した。

及川の娘の話はしなかった。いや口には出せなかった。

「あまりに急にいろいろあったから、私の頭の容量をこえてしもたんやと思う。で、突然胃がよじれるような痛みが出たんよ」

「いまは？」

「ちょっと前から痛みは止まってる。けどもう疲れてて、このまま……」

「死んでしもてもええてか？」

「ものすごく、痛かったんやもん」

「あんたが考えている以上に、有子の命って尊いんやけどな」

「私が考えてる以上に？」

やよいの言葉に不思議な感覚を覚えた。自らの命に、自分が考える以上の価値があるということか。

「命は、重いで。みんなが思てるほど軽いもんとちゃうと私は感じてる」

「そやろか」

「恋愛したら、彼氏のこと考えるだけでなんや胸が熱《あつ》なるやろ」

「それと命の軽い、重いとどういう関係があるんよ」

「あれは何でやと思う？」

「それは脈拍とかが増えて、血流がようなるからとちがうのん」

「固いな有子は、相変わらず。なんでそんな分析するんや」

やよいは、彼女のトレードマークになっているショッキングピンクのトートバッグから、見慣れた丸い缶を取り出した。中身がゴーフルであることはすぐに分かる。

「まずは頭に甘いもん入れ」

開けた缶からゴーフルを一枚、有子に渡した。

「ありがとう」

「そら医学的には脈拍の増加やけど、ほな何で心拍が増えるのん？」

「脳からの電気信号が……」

「その電気信号は何？」

「化学変化やと思うんやけど、過去の楽しい思い出で放出されたホルモンが……」

「あんたはアンドロイドか。ただ好きやと思う気持ちが、心を温めてるとは思えんか。つまり、思いだけで実際の体温は高うなってる。それが生きてるいうことや」

「はあ？」

「はあ、やない。実際目の前に相手がいなくても心が感じる。その心に身体が反応してる。これぞ命の不思議や。こんなけったいなことが、この地球には当たり前のように起こってる。誰かが誰かのことを思うだけで、温かくなるなんて素敵なことはないよ。この素敵の連続が生きるということなんやから、すごいと思わな嘘や」

命が不思議で素敵な存在だと、やよいが伝えようとしていることは分かった。

「私、やよいに怒られてるんやね」

「人聞きの悪い。怒ってるんやない、叱ってるんや」

やよいは勢いよくゴーフルをかじった。

「すぐコーヒー、淹れるね」

喉を詰まらせそうなやよいを見て、有子は自分のゴーフルを頬張り台所へ立った。

「有子、私を避けてたやろう？」

「そんなこと……」

「かまへんって隠さんでも。有子の気持ちもよう分かるさかい」

返事をせず、コーヒーメーカーのスイッチを入れた。

「私の、のほほんとしたところがうっとうしいと思うことがあるんやろ。とくに自分が落ち込んでるときには」

「うらやましいと思うことは、確かにあるけど。うっとうしいなんてこと思てへん」

「今日会いにきたんは、彼氏にふられてしもたからなんや」

やよいは上目遣いで言った。

明るいのを通り越して脳天気なところが、うざいと彼氏が言ったのだそうだ。

「そうやったん。やよいでもそんなことが、あっ、ごめん」

「落ち込むことぐらいあるよ、私かて。でも有子の顔見たら、そうもしとられんと思ったわ」

「頼りない友達で、ごめん」

カップを手渡した。

「誰か、お客さんきてたん？」

テーブルの湯飲みをちらっと見て、やよいはコーヒーを美味しそうに啜る。

「刑事さんが、二人」

「やっぱり二人一組なんや」

やよいが、変なところに感心した。

普段と少しも変わらないやよいに、有子は平川から聞いた話をしたくなった。

「ほんで有子は、怒りの矛先《ほこさき》を失のうてるってことか」

「お父ちゃん、信じられへんくらいぎょうさん血流れて怖かった。それ見たら、犯人が憎らしいて吐きそうになった。自殺したって知ったときは、あまりにも勝手やって思っただけや。犯人が死んでしもたことなんて、それがどうしたんって感じやった。

けど……」

「娘さんのこと聞いたら、心が痛んだんやろ。有子は優しいから」

「そんなことないよ。けど考えるのしんどなってしもた」

本音を吐き出すと、ほんの少しだが重しがとれたような気がした。

「そないに何でもかんでも背負い込まんとき」

「うん」

「及川牧場って、うちの大学に共同開発を持ち込んでるところやろ」

やよいがカップを見詰めたまま訊いた。

「うん。でも名前しか知らんよね」

「どんな人なんやろう」

「なんで？」

「なんでて、逆恨みで人殺しをする人って、どんなんやって思わへんの？」

「それも、もうどうでもええんよ」

「まあそう言わんと。うちの大学って、協力企業の選定には厳しいいう噂やで。なんせ私を筆頭に美人女子大生揃いやから」

自分で言ってやよいは吹き出し、続けた。

「つまり、及川牧場は、うちの大学のお眼鏡に適った牧場であり、その代表者はそれなりにきちんとした人物やったということにならへん？」

「それはそうかもしれへんけど」

想像したくもなかった。

「ごく普通の父親やったんかもしれへん。けど、よっぽど娘さんが怪我したことに腹を立ててたんや」

「そら、そうやろね」

「なんや気のない返事やねぇ。そこんところが鍵やと思うなぁ、私は。事故のこと詳しく分かる人おらへんの」

「よう分からへん。中原さんかて知らんのやから」

「中原さん？」

「あの、お父ちゃんの会社の代表。お父ちゃんが病院に運ばれてから、いろいろお世話になってる」

やよいに中原のことを一言も話していなかった。二人で母を捜しに仙台に出かけたことを話そうと思ったが、なぜか言えなかった。

「その方、元刑事さんで、何かと相談に乗ってもらってて」

「へえ刑事なん、そら頼もしいな。そういう人がおるんやったら、ちょっと安心や」

夜遅くなって、やよいは有子の家に泊まった。

バッグにお泊まりセットを用意していたのを見て、やよいは最初からそのつもりだったのだと分かった。

2

明くる日の朝、やよいと一緒に中原からもらったフランスパンを食べた。

パリッとしたのが持ち味の表面が、柔らかくなってしまったパンに、チーズを載せてオーブントースターで焼いただけだったが、とても美味しく思えた。レンジで加熱した人参とブロッコリー、タマネギの温野菜サラダも昨夜の胃痛が嘘のように食べられた。

料理とは呼べないような手抜きの朝食なのに、考え抜いたレシピに匹敵するほど豊かな気分だ。

「やよい、授業どうするの？」

「パス。彼氏に話をつけに行く」

やはりふられたというのは嘘だったのではないだろうか。

「有子は？」

「中原さんに、もう一度お父ちゃんの業務日誌を見せてもらおうと思とお」

「中原刑事に会いに行くんや」

「元刑事。中原さんに会いに行くんやのうて、日誌を確認するだけ」

「同じことや。何をムキになってんの」

コーヒーを二杯お代わりすると、やよいは先に家を出た。

それを見送り、中原に電話をかけた。


午後四時頃、中原が日誌のコピーを持ってきてくれた。

「驚きました。お嬢さんから電話をもらってすぐ、平川刑事に確認しました。及川の娘さん、明菜《あきな》というんですが、現在兵庫慈恵会病院に入院していました」

と言いながら、昨日平川が座った場所に中原が腰掛けた。

「あの、中原さんは、そのことを」

「知りませんでした。大失態です」

中原が顔をしかめた。

「当時、親会社に訊いても一切教えてくれなかったんです。それで新聞記事も確かめたんですが、そこにはごく小さく転落で重傷、女子大生二十一歳としか触れていませんでした」

中原は新聞記事のコピーも用意していた。

マンション建設現場で女子大生転落事故。

十三日、午後一時頃明石市朝霧のマンション建設現場で女子大生（21）と建設作業員の男性が基礎部分に転落した。女性は警備員の制止を無視して、危険区域に進入。作業員が進入を食い止めようとしたが間に合わず、一緒に転落、男性は軽傷だが女性は重傷を負った。現場は道路から奥まった場所で、なぜ女性が進入したのかは不明。マンション建設会社は警備体制には万全を期しており、問題はなかったとしている。

「やっぱり父のせいだったということですか」

言葉にしてしまうと、父に対して心が痛む。

「いや、違う。記事にあるように危険区域に進入してきたのは明菜さんの方です。それを予見できるほど生田さんは近くにいなかったと、他の警備員が言ってます」

「でも父は、及川牧場を知っていました。中原さんがその娘さんのことをご存じなかったのに」

「そのことに関しては、正直よく分かりません」

事故の当事者はあくまで、怪我をした被害者と、工事を請け負った馬原建設及び管理の一切を任された管理会社だ。よほどの過失がなければ、大手警備会社のその下請けをしていたジャスティス警備保障も、ましてやその従業員個人が含まれる余地はない。そのため事故の処理、詳細が中原のところに報告されなかった。

「つまり私に報告がないのですから、生田さんが被害者のことを知っていたとすれば、個人的に調べたとしか考えられません」

ただ、個人的に見舞うなどの行為は、管理会社の事故係から固く禁じられていたはずだ、と中原が言った。

「当事者でない者が動くと、話がややこしくなるんです。怪我をした人の名前も病院名もうちに告げなかったのは、そういった事情があるんですよ」

「それは、分かります」

「ですから、もし生田さんが、明菜さんのことを知っていたら、いや病状まで把握していたら、私に何らかの相談があったと思います」

「及川牧場のことは知っていたけれど、明菜さんの状態は知らなかったと」

「ええ。ただ、どこでどうして及川牧場のことを知り、明菜さんについてどこまでご存じだったのか。いずれにしても平川刑事の様子では、掘り下げる気はないみたいだ」

「何だか、私もこのまま終わってしまう気がします」

「及川が犯人である物的証拠も、一応の動機というものも揃った訳ですから」

「もしこのままなら、逆恨みで父は殺された、それで終わりです。私は、それを納得しなければいけないんですね」

「いや、私にはまだ真実が見えてこない」

中原はそう言うが、逆恨みに事実も真実もあるのだろうか。

「よく考えてみてください。先ほど、生田さんが明菜さんについてどこまでご存じだったのか、と言いました。それは逆も真なんです。当事者として明記されている訳ではない生田さんのことを、どうして及川が知ったのか、という疑問が出てくる。むしろその方が難しいはずです」

第三者の証言からみる事故の状況からは、父の過失など取り沙汰されるべくもない、と中原は言い切った。

「管理会社、また事故係、あるいは保険会社の調査報告書にあるのは、複数の証言として、うちの会社名と警備員の名が記載されているに過ぎません。それを部外者が見ることはできません。この日誌の記述は、ただ強い責任感から自分に非があるのではないかと思っているに過ぎない」

「及川が、父にたどり着けるはずがないということですか」

「そういうことになります」

「けれど結果的に、父を」

「問題はそこです。それで気になるのがこれです」

中原は、前にも見せた他の警備員の日誌のコピーをテーブルに置いた。

『女性がオシノさんか、ホシノさんと言いながら工事現場に入って行った気がする』

「これは生田さんが『建設作業員の若者はとても勇気があった』と記す男性に間違いありません。その男性に関しててっきり同じ病院に記録があると思ったんですが、平川刑事に聞いたところ、入院は明菜さんだけだったというんです」

「一緒に救急車で運ばれたんですよね」

「それは数人が目撃しています。でも記録がない。この男性を捜してくれと、平川刑事に言いました。が、どうも彼は乗り気ではないようだ」

「その男性は、さっきおっしゃった当事者の中に入りますよね」

工事の作業員であっても、女性を助けようとして転落事故に巻き込まれた被害者なのだ。

「もちろん、そうです。だから氏名、住所などの基本情報がないはずはない。ところがいま訊いた範囲ではどうも見当たらないんです」

「中原さんは、その男性が関わっていると思われるんですか」

有子の質問に彼はしばらく考えて、

「転落した際、生田さんが近くにいたことを知る人物の一人です」

と言った。

「及川に父のことを話したのが、その男性かもしれないんですね」

「調べてみようと思っています」

次の日の夕方、有子は中原と垂水警察署にいた。

午後四時頃、及川の生田有正さん殺害事件に関して、本日付けで捜査を打ち切ることになった、という電話を平川から受けたのだ。

すぐに中原にその旨を告げると、彼が飛んできた。

「あなたの立場は分かっているつもりですが、説明が欲しいんです」

中原が目前の平川に訊いた。

「説明も何も、これ以上の捜査の必要性がない、と判断したんです。検察官も被疑者死亡のまま送検するのが妥当だと」

「及川が、娘の事故の責任が生田さんにあると、一方的に思い込んだ怨恨による犯行だと断じたんですか」

「おっしゃる通りです」

平川はガイシャが及川牧場のことを知っていた点から、事件以前にも二人は接触していたと判断、そこで何らかのトラブルが生じたのではないか、と補足した。

「及川はどのようにして、生田さんのことを知ったんですか」

中原は有子に説明した疑問点を、平川にもぶつけた。

「中原さん、警察の事情をお分かりでしょう。起訴できない死者を相手にした場合、因果関係に一応の説明がつき、物的証拠が揃えば検察官は事務的に処理します。及川がいかにして生田さんに行き着いたかですか？　もう一捜査官が調べられるものではない」

「分かりました。では、せめて明菜さんと一緒に転落した男性の身元だけでも明かしてもらえませんか」

「この事件、私の手を離れたんです、勘弁してください。いろいろご協力いただきありがとうございました」

平川は立ち上がり、お辞儀をした。

仕方なく中原と共に警察署を出た。五月とは思えないほど西日が強く、まぶしかった。

「こちらで調べるしかなくなりました」

駐車場に向かって歩きながら、中原が言った。

「でも、もうどうしようもないですよね」

諦めの気持ちの方が大きくなっていた。

勝手な思い込みで人の命を奪う犯罪者は、世の中に数多く存在する。そこには何の理由もないのだ。及川もそんな犯罪者の一人だと思う方が、いいのかもしれない。

「どうしたんです？」

「私、もう疲れました」

そう口に出すと、情けなくなってきた。どこまで自分は無力で弱虫なのか。

うつむくと頬を温かなものが伝う。

「お嬢さん。及川が犯人であることは、変えようのない事実です。動機に関しても平川刑事の言う通りなのでしょう」

「では何を調べるんですか。どうして、こんなに一所懸命になってくれるんですか」

涙声しか出ない。

「いま分かっていることは、及川が生田さんを殺害した動機です。でも私が知りたいのは、なぜ生田さんが殺されなければならなかったか、ということなんです」

「父への恨み。明菜さんの怪我に対する仕返しが、殺された理由なんじゃないんですか」

「そうじゃない、それは動機です。私は、及川がなぜ生田さんに行き着いたのか、どうしても知りたい」

「なぜ父に行き着いたか？」

傾いた光が作る中原のシルエットを見上げた。

「明日から、私はそれを調べようと思っています」

3

やよいの存在は大きかった。父の事件の捜査が打ち切られた翌日から一週間、ほとんどの時間を一緒に過ごしているといってもよかった。

昼間は大学のキャンパスで過ごしたし、夜はやよいが泊まりにきてくれたり、有子が高島家にお邪魔したり、また昨夜は京都への旅行で町家に泊まった。

あの垂水署からの帰り、車の中でやよいのことを話した折、『あんたが考えている以上に、有子の命って尊いんやけどな』とやよいが言ってくれたことを中原に伝えた。すると中原が「安心しました」と言った。中原の存在を知ったやよいが、口にしたのと同じ感想を述べたのだった。

「私って、頼りなく見えるんですよね」

「そういう意味ではないんです。私はその人物を深く知りたいと思ったとき、その人の友人を見るんです。やよいさんの言葉を聞いて、その瞬間お嬢さんが何を考えていたか私にもよく伝わった。それで、本当にお嬢さんをよく理解している友達だと思ったんです。一人でしんどくなったら、やよいさんがいる。そう思えました」

いい友達が一人でもいれば、人生が変わっていた人間を多数知っていると中原は言った。有子の前で、刑事時代のことに触れない中原だったが、道を踏み誤った人たちのことを言っている、そんな気がした。

中原の暗示にかかったかのように、大学でやよいの顔を見ると、もっと彼女と一緒にいたいと思った。一人になりたくない、と素直に言えた。

やよいと共に二条城を散策しているとき、中原から連絡が入った。

京都駅まできてくれた中原から、話を聞いた。

内容は、なぜ及川が父に行き着いたか、どうして明菜は工事現場の危険区域に進入したのか、さらに現場から消えた土木作業員の行方について調べを進めているが、かなり難航しているというものだった。

「及川が、うちの会社の近辺をうろついていたという情報が得られました」

新聞に掲載された及川の写真を持って、周辺を聞き込んだ際に、近くの喫茶店の主人が、昨年の冬頃からモーニングサービスを食べにくるようになった客に似ていると言ったのだそうだ。

「実のところ及川は生田さんと接触していたのではないか、と見ているんです」

「でも父は、知らない男に……って中原さんに言ったんですよね」

「そうです。私も連絡を受けた際、違和感を持たなかった。しかしそれは、私が事件というものに慣れていたせいではないかと思うんです。刺されたと聞けば、犯人に心当たりがあるかどうかに神経がいってしまう。生田さんは、『知らない男に刺された』と言われたのですが、しかし普通は『刺された』というのが先ではないでしょうか。私は生田さんの言葉を思い出して、及川と接触していたにちがいないと思いはじめています」

瀕死の状態で、開口一番発した言葉が、知らない男だったということで、逆に父が及川をかばったのではないかと考えられる、と中原は述べた。

「刺した相手をかばったと言われるんですか」

痛いはずなのに、相手のことを考えるなんて、信じられなかった。

「娘さんの事故に対して、相当責任を感じておられたということですね。やはり問題は、及川が生田さんを知った経緯ということになる」

事故当時の関係者を当たったが、父の名前が表に出た事実は確認できなかったそうだ。

「事故係は補償問題がありますから、被害者、つまり及川家に接触していました。その担当者に会って話を訊いたんですが、生田さんにつながる情報を相手方に告げる訳がない、と言い切りました」

　担当者が偽りを言っているとは思えないと、中原は言い添えた。

「当事者に尋ねるしかないと思ったので、及川夫人に会いました」

「夫人……！」

　有子は驚いた。及川が父を恨んでいるということは、その妻も同じ気持ちのはずだ。中原という人物は、及川の妻にしてみれば憎い相手側にいる人間になる。

「結論から言えば、ちゃんとした話にはなりませんでした」

　少し間を置いて、娘の世話と夫の死とで憔悴《しょうすい》しきっている様子だったと中原は言った。

「終始取り乱したままでしてね。ただ、及川が昨年末からよく出歩いていたことだけは聞き出せました。昨年末というと、さっきの喫茶店の主人が新規の客を目撃した頃、また生田さんが、忘年会で河東さんたちに及川牧場のことを口にした時期とも重なります。及川は自分の足で調べ歩いて、生田さんに行き着いたんでしょうね。考えられるのは、工事の責任者でもある馬原建設工業への問い合わせです。そちらにも確認したんですが、事故に関しては保険会社に任せているし、及川が会社に連絡してきたことはないということでした」

「でも、犯人は父に目をつけました」

「そうなんです。にもかかわらず、生田さんへのルートが見当たらない。やはり変ですね」

　と言う中原に、落胆している様子はない。そして続ける。

「変なのは、若い作業員の行方不明に関しても同じです。馬原としては、いくら派遣社員やアルバイトでも、工事中に怪我をしたんですから、補償の対象になるはずなんです。それがクビになり、行方も分からないと言う」

「どうしてなんでしょうか」

「何らかの意図がある、としか思えませんね」

「意図ですか」

　建設会社が、事故そのものを隠すのなら有子にも分かる。けれどもすでに事故は表沙汰になっており事故係も動いているのに、一従業員の所在を隠すことに意味があるとは思えない。

「まだ確証がある訳ではないんです。ただ三メートルほどの高さから転落して怪我を負った可能性があるのに、病院からいなくなったのには訳があるにちがいないと、思うんです」

「あ、ひょっとしたら、その男性がどっかで悪いことしてるいうことですか」

いままで黙っていたやよいが声をあげた。

「そうです」

中原がやよいを見てうなずいた。

「けどその男性、働いてはったんですよね」

やよいの言う通りだ。派遣でもアルバイトでも名簿ぐらいは存在する。

「だから意図があると言ったんです。消えた従業員のことだけではない、何かがあると」

「雇っている方の意図ということですか」

会社ぐるみで隠す意味があるのだろうか。

「この消えた従業員に関しては、明菜さん側の情報を収集しないといけません」

中原は、明菜が口にしたという「オシノ」か「ホシノ」の手がかりが欲しいと言った。

「明菜さんは男性を知っていた。だとすれば、明菜さんの周辺を調べれば、この男性に辿り着ける可能性が出てきます。難航していますが着実に前進しているので、心配しないでください」

中原の真剣な目が、有子とやよいを交互に見た。

「あの、明菜さんは大学生やったんですよね」

やよいが訊く。

「ええ、H大学に通う学生です」

「H大学っていうと加古川にある学校ですね」

やよいは身を乗り出して言った。

「ええ、そこで福祉の勉強をしていたんだそうです」

「私らにも何かできませんか？」

「それには及びません。調べは私に任せてください」

「そうですか」

やよいは不満げな声だ。

「目が鋭い人やね。優しんやけど、ときどきびっくりするほど怖い目しはる。あれで犯人が、白状してしまうんやろな。きっと名刑事やったんやで」

やよいが感心しながら言う。

もう一晩京都に泊まった明くる日、有子はやよいと一緒に兵庫慈恵会病院へ向かっていた。

　どうしても明菜の様子を知りたかった。ただ一人では心細く、やよいについてきてくれるよう頼んだ。

「怖い目かな」

　そんな風に思ったことはなかった。

「悪いことしてない人間には、そんなことないかもしれんな。けど悪もんにとっては背筋が寒なるんとちゃう？」

　しばらくすると病院の建物が見えてきた。広い門から中に入り、玄関口へと進む。徐々に緊張感が高まってきた。

「やっぱり中原さんに相談した方がよかったかな」

「何を今更。有子がちゃんと向き合いたいって言うから、ここまできたんやろ」

「どうしても気になるんやもん。事件の本質が明菜さんにあるように思うと」

　犯人が及川だと断定されてからの方が、胸に重石があるようにどことなく気分が沈んでいる。その原因は自分でも分からない。

「ほなやっぱり自分の目で確かめるしかない」

　やよいはきっぱりと言った。

受付に向かうと、訪問者記録カードというものが置いてあった。病室番号と患者名、訪問者、関係欄、入退出時間を書き込むようになっている。

有子は病室番号が分からず、先に患者名の欄に「及川明菜」と記すと警備員が「一〇五です」と教えてくれた。

その慣れた言い方に、明菜のところへは有子たちと同じような年齢の学友が見舞うのだろうと思った。

「ありがとうございます」

と有子が頭を下げると、

「お連れさんは、他一名でいいよ。廊下をまっすぐ行くとエレベータがあって、その前の病室です」

と警備員が微笑んだ。

「ちょっと」

とやよいが立ち止まり、カードを繰った。

「どうしたん？」

「いや、知り合いきてはらへんかなと思て」

彼女は何枚かのカードを見終わると、小首をかしげて見せ、と有子を促した。

「ほな行こか」

「病院って、なんかいややわ」

廊下を歩いていくと病院独特の臭いがして、父が運ばれたときのことを思い出した。

「好きな人はおらへんやろ」

「そうやけど。やよい、さっき何見てたん？」

「誰かきてないかなと思ただけや」

やよいは明菜の友達がきていないかを、確かめたようだ。

「それでどうやった？」

「ざっと見た感じやけど、小谷恭子《こたにきようこ》、山崎美晴《やまざきみはる》という人が頻繁に出てきた。関係欄には友人って書いてあった。けど今日はきてなかったわ」

「そう。……こんな花でよかったかな」

有子は病院のすぐ側で買った、小さな花束を見た。何か言って緊張感を紛らわせたかった。

「上等や。大きな花束も困るもんやで」

「そうやな」

有子は病室の前に立った。なかなかノックができない。見かねたやよいが、ドアを叩いた。

「はい」と中から女性の声がした。

ドアが横に滑って開き、母と同じくらいの年齢の女性が姿を現した。

「あの、明菜のお友達かしら」

初めて見る顔に戸惑ったようだ。

「大学は違うんですけど」

隣のやよいが言った。

「そうですか。ちょっと待ってやってね」

一旦部屋に引っ込み、少しして再びドアが開く。

「入ってください」

「失礼します」

お辞儀をして部屋に入った。

窓際にベッドがあって、その周りにはモニターなどの機器が取り囲んでいる。明菜の頭には白い包帯が巻かれ、鼻にはチューブが付けられていた。瞼は半開きで、口はぽっかりと開いたままだ。首にはよだれを受けるタオルが置かれていた。そのタオルの柄はキティちゃんだった。枕元にも珍しい焼き物のキティちゃんの人形があった。

「話しかけてください。この子、ちゃんと分かってますから」

花束を持ったまま佇んでいた二人に、涙声の母親が言った。

しかし足が動かない。一歩も前に踏み出すことができなかった。

明菜の目は有子らをとらえてはいない。けれども心の中を見透かされているような怖さがあった。

ここに何しにきたの。私は見世物ではないわ。

そんな明菜の抗議の声が聞こえてきそうに思えた。

物事に動じないやよいも、息をのんで明菜を見つめているだけだ。

「あのお名前は？」

母親が二人の横を通り抜けて、ベッドサイドに近寄る。

「やよいと有子です」

慌ててやよいが母親に告げた。

「明菜。やよいさんと有子さんがきてくれたよ」

そう話しかけて、

「どこでお知り合いに？」

と訊いてきた。

「友達を通してです」とやよいが言ったのに続いて、

「十月の事故では、軽傷だと聞いていたんで……びっくりして」

と有子はしどろもどろで答えた。

「そうでしたか。事故で入院した病院ではそれほどでもなかったんですよ。その後に……。明菜、お友達がお花を持ってきてくださったのよ。きれいね」

母親は、明菜の顔を有子の手にある花束へ向けた。首が座っていない赤ちゃんのように、明菜の頭が動いた。

明菜の顔を見ていられなかった。

有子の父が、自分のこんな姿を見たらどう思っただろうか。その原因を知ったら、狂わんばかりに激怒したにちがいない。

だからといって明菜さん、あなたのお父さんが、父をあんな目に遭わせたことは間違っている。父が悪いんじゃない。父に責任はないはずなの。

有子は心中で、焦点の定まらない明菜の眼に向かって訴えていた。

急に明菜の身体がよじれ始めた。

「ちょっとごめんなさい」

母親は慣れた手つきで、明菜の喉へ細い管を挿入した。

「はいはい、明菜。きれいにしたげるね」

作業中も母親は優しく話しかける。

「あの私たち、これで」

やよいが申し訳なさそうな声を出した。

「そうですか。何もお構いできなくて。本当にありがとうございました。またきてやってください。お友達が顔を見せてくれるのがこの子にとって一番嬉しいんですよ」

二人は頭を下げて、病室を出た。

しばらく無言のまま足早に病院を離れ、目に入った喫茶店に入った。

「きついな」

アイスコーヒーを頼むとやよいが漏らした。

「聞くのと、見るのとは違うなぁ」

運ばれたコーヒーをストローを使わず飲んだ。緊張で渇いていた喉に、冷たい感触だけが伝わった。

「お母さん、泣いてしまうのを一所懸命に耐えたはるのが、分かるさかいな」

「悪いことしたみたいな気持ちになるわ」

本当はお見舞いでなかったことに、有子は負い目を感じていた。

「私も腰が引けた」

「明菜さんが何もかもお見通しやって言うてるみたいで、正直いうて怖かった」

「そやなあ。けど仕方ないやろ。いま有子の立場をどう説明しても分かってもらえるとは思えへん。謝るのも変やから」

「お父ちゃんの方が、被害者やもん」

そうだ、被害者なのだ。有子は自分に言い聞かせた。

「というても娘さんがあんな状態で、夫が死んでしまうやなんて、あのお母さんも大変やな」

「うん。それはそう思た」

「ほんま災難続きやで」

そう言いながら、

「しかし及川いう人、何で自殺したんやろ」

と有子を見た。

「犯人が遺したメモには『たいへんな過ちを犯してしまった』と書いてあったけど」

新聞では報道されていない文面をやよいに話した。

「過ちか……」

「どないしたん?」

やよいの考え込む顔へ尋ねた。

「過ちって、なんか変とちゃうか。だって、はじめから明菜さんの敵《かたき》を討とうと方々《ほうぼう》調べてたんやろ」

「中原さんの会社の近くにも来てたって言うてはった」

「そしたら時代劇やないけど、見事本懐を遂げたってことやないんかな」

「けど、本懐を遂げたっていう遺書も、ちょっと変とちゃうやろか」

「そうやのうて、かれこれこんな訳で罪を犯しましたので、責任をとりますとか。そんな感じになると思うんやけど」

「そうか、遺書で動機を伝えるということか」

罪を犯して平気な人間は、自殺など選択しないだろう。自分で自分の身を処すということになれば、自殺の理由は、そのまま犯罪の動機の説明につながるはずだ。

「そしたら、過ちっていうのが分からへんやろ？」

やよいは、氷が溶けたコーヒーに今更ながらストローを沈めてかき混ぜる。

「お父ちゃんを刺してしもたけど、頭冷やして考えたら殺すつもりはなかった、ということやろか」

「殺意がなかった、か。なるほど、それなら過ちかもしれへんな」

やよいがストローを口にくわえた。

「でも絶対に許せへん」

「そら当たり前や。だいたい自殺なんて卑怯や」

やよいの言葉が命を粗末にする者への戒めのように聞こえ、有子も耳が痛かった。

4

五月二十九日　金曜日

有子は、やよいに誘われて加古川のH大学を訪れていた。病院の面会者カードにあった小谷恭子、山崎美晴が、明菜の同級生だと踏んで、社会福祉科を尋ね歩こうというのだ。

掲示板にある社会福祉科の授業を確認して、教室に潜り込み、片っ端から声を掛けた。こんなときのやよいは積極的で頼もしかった。自分でも食品メーカーへの就職はやめて、女刑事になってもいいと笑った。

確かに数をこなすたびに、要領がよくなっている気がする。相手に怪訝《けげん》な顔をされなくなっていた。

四時限が終わって部活が始まる時刻に、ようやく学食での聞き込みで小谷恭子の友人に行き着いた。

やよいの読み通り、恭子は明菜と同じ学科だった。二人共キティ研究会という同好会のメンバーだということも分かった。

キティと聞いて、タオルを首に置いて横たわる明菜の姿を思い浮かべた。しかし、立ち止まってはいられない。

金曜日は同好会活動の日だと聞き、部室を訪ねることにした。

小一時間ほどキティの研究発表に参加した。それで分かったのは、キティちゃん好きの集まりではなく、福祉の現場において、ハロー・キティのような単純な線で書かれた原色系色彩のマスコットがもたらす癒し効果や、学習効果を学ぶ集まりであったことと、恭子が同好会の会長だったことだ。

「あの会長さん、ちょっとお話が」

一通り活動が終わった頃、やよいが恭子に近づいた。

「新入生かな。面白いでしょう、うちの同好会。それとも何、キティちゃんの着ぐるみでも着て踊るのを期待してきた？」

　と言って笑いかける恭子は、髪の長い長身の女性だった。

「いえ。研究は大変面白かったんですけど、今日はちょっと個人的な話があって寄せてもらいました」

「個人的な話。何かしら。教授たち個々の試験問題の癖でも、授業ノートのコピーでも何でも言って。お金以外のことなら相談に乗るわ」

　恭子は姉御肌《あねごはだ》らしい。

「そら心強いと言いたいところですが、授業のことやないんです。会長さんのお友達で及川明菜さんっておられるでしょう。いま入院してはる」

「明菜？」

　恭子が眉を寄せ、目をしばたたかせた。

「私ら、先日お見舞いに行ってきたんです」

「明菜の知り合いなの」

「明菜さんが、なぜあんなことになったのかを調べてます。それで、どうしても知りたいことがあるんです」

　有子が訴えるように言った。

「なんか事情があるみたいだわね。ちょっと場所変えましょう」

恭子の後について、学内の喫茶ルームに移動した。

恭子は、有子たちを窓際のボックス席に座らせると、「コーヒーでいいよね」と言って、カウンターに行きカップを三つ盆に載せて席に戻ってきた。有子らの大学と同じくセルフサービスだ。

「どうして明菜の事故のことを調べてるの？」

席に着くとすぐ恭子が訊いてきた。

「正直に言います。私、生田有子といいます。明菜さんの父親に……。私の父が殺されました」

途中息が詰まりそうになった。

「なんですって。それ本当なの」

恭子が自分の出した大きな声に驚き、周りを見回した。

「本当のことです」

「明菜のお父さんが自殺して、その後殺人で書類送検されたことは、私も知ってるけど。そう、あなたのお父さんが被害者だったの」

恭子が視線を注ぎ、

「でもどうして、明菜の事故を？」

と訊いた。

「父は明菜さんの転落事故の現場で、警備の仕事をしていたんです」

「あそこで警備されていたの？」

「あそこって、現場をご存じなんですか」

「ええ、まあ」

恭子は茶を濁した。

「どうやら及川さんは、明菜さんの転落を私の父のせいだと思い込んでいたみたいなんです」

「なんてこと。明菜のお父さんが……」

「警察は、それが動機だと断定しています」

「ちょっと頭を整理させて。明菜が転落したこととの責任が生田さん、あなたのお父さんのせいだと明菜のお父さんが思った。そして明菜のお父さんが明菜の敵を討ったというのね」

恭子は一つひとつ確認するように、自分の言葉にうなずき、

「そうか、それで……」

と言って窓の外に目を移し、そのまま黙ってしまった。

「どうかしたんですか」

西日に赤く染まった恭子の横顔に、有子が訊いた。

「あなたは、本当に明菜のお父さんに殺された被害者の娘なの？」

恭子は顔を向けた。

「冗談で、ここまできません」

恭子の目を見て、強い口調で言った。

「そうよね。ごめんなさい。明菜のプライバシーに関わる問題なので、確かめたかっただけ。悪気はないのよ」

恭子は頭を下げた。

「何かご存じなんですね。お願いです、教えてください」

事件は被疑者死亡で終わらされたが、自分の中では何も終わっていないのだと恭子に言った。

「父が逆恨みで殺されたというのなら、それはそれでいいんです。でも、いくつかの疑問が残ったままじゃ、それ自体も受け入れることができません」

なぜ明菜が危険区域に進入したのか、作業員に発した言葉の意味、そしてなぜ現場にいた一警備員を生田有正だと分かったのかという疑問点を話した。その疑問を解決するために、明菜さんのところへお見舞いに行き、小谷さんと山崎さんの名前をカードで知った。友達なら、事故に遭う前の明菜さんの暮らしを知っているにちがいない。

「そこに、疑問を解くヒントがないかと思ったんです」

一気に喋った。

「そう、話は分かったわ。でも山崎さんとも相談したいのよ」

「山崎さんと？」

「山崎さんにも深く関わっていることで、私の一存では話せないの、分かってください」

「山崎さんの了解が必要だということですか」

「そう」

恭子がうなずくと、長い髪が大きく揺れた。

「ではどうすれば了解を」

「山崎さんは私の二年先輩で、地銀に勤めてるの。今晩連絡してみるわ。生田さんの電話番号教えて」

互いの携帯番号を交換して恭子と別れた。

次の日の土曜日、午後二時に三宮で話したいと恭子から連絡が入った。電話では山崎が了解してくれたかどうかは分からないが、とりあえず有子に会ってもいいということだったようだ。

有子たちは、恭子が指定した紅茶と洋菓子の店に入り、二人を待っていた。

そこへ恭子と山崎美晴がやってきた。美晴は恭子の肩ぐらいしか背がなく、幼い感じの女性だった。とても恭子の先輩には見えない。

「今日はすみません」

有子が立ち上がって頭を下げた。

「だいたいの話は恭子から聞きました」

美晴が座るのと同時に有子も席に着く。

有子はやよいを紹介して、本題に入った。

「明菜さんの事故のことを小谷さんにお尋ねしたら、山崎さんも深く関わっているということでした。お願いです、何があったかは分かりませんが、教えてください」

「あなたも大変でしたね。心からお悔やみ申します。明菜も、明菜の家も無茶苦茶です。その責任は……」

美晴はうつむいた。

「山崎さん」

隣の恭子が、美晴の背中に手を当てた。

「大丈夫。すべて私が悪いんです」

「どういうことなんです」

やよいが声を上げた。

「私の責任です」

と呻《うめ》くように言った美晴は、唇を嚙みしめていた。

「話してください」

有子は美晴の口元を凝視し、唇が開くのを待った。

美晴は目を伏せたまま、なかなか口を開こうとしない。

その間に注文したロイヤルミルクティが運ばれてきて、蜂蜜の甘い香りが漂った。

「まずはいただきましょう？」

恭子が美晴に声をかけ、カップを手にして香りを確かめるように口元で止める。何気ない仕草だったが、美晴を落ち着かせたようだ。

「……何から話せばいいのか」

と、ようやく美晴は顔を上げた。

「私と明菜ちゃんは、男の人に騙されていたんです。ただ、それが自分の中でも未だに整理がつかなくて」

「男の人……」

有子は、危険区域に進入したときに、明菜が口にしたとされている「オシノ」か「ホシノ」という言葉を思い出していた。そして美晴に、

「明菜さんが工事現場に入って行ったことと、関係があるんですか」

と訊いた。

「ええ。明菜ちゃんは星野に」

「ホシノ！」

反射的に声が出た。

「星野をご存じなんですか」

有子の反応に驚いた美晴が、慌てて訊いてきた。

「知っている訳じゃないんです」

有子は警備員である父が、明菜の転落事故現場にいたこと、そしてその際に他の警備員が「ホシノ」という言葉を耳にしていたことを話した。

「たぶん、明菜ちゃんは、そう呼んで彼に近付いたんだと思います」

美晴が目を閉じて答えた。

「じゃあ明菜さんと一緒に転落した男性が、ホシノという方だったんですか」

「そうだったはずです」

「でも建設現場で働く人に、ホシノという名字の男性はいなかったと聞いています」

「実は星野というのが本名なのか、私たちも分からないんです」

と言うと美晴は両手で頭を抱える仕草をした。

「ホシノというのが、本名かどうか分からんってどういうことですか」

再び黙ってしまった美晴に、有子に代わってやよいが強い口調で訊いた。

美晴は、やよいに気圧《けお》されて話し出した。

「一年ほど前のことになるんですが、私、仕事でいろいろあって精神的にまいってたんです。それでお世話になったゼミの先生に相談をしに母校に行って、久しぶりに同好会へも顔を出しました」

そのとき明菜と出会い、彼女の家の牧場を訪れるようになったのだという。

「日曜日ごとに牧場にお邪魔して、売店のアイスクリーム販売を手伝ったりもしていて」

美晴はまた言葉を切ってうつむいた。

「そこで、先輩と明菜は声を掛けられたの」

恭子が言った。

美晴と恭子は先輩後輩の間柄というより、むしろ恭子が姉の姉妹のように見えた。それは有子とやよいの関係に似ているかもしれない。

ふと有子はこのテーブルについている四人を、周りの客がどのように見ているのか、と思った。しかし他のテーブルから聞こえるのは、はしゃぎ声だけだった。

そうだ、みんな週末を楽しんでいるのだ。深刻な顔を付き合わせた四人の女性のことなど、他人は気にはとめていない。

「声って、ナンパですか？」

やよいがさらりと言う。

「お茶に誘われました。それが星野と三浦という人です」

気を取り直して美晴が話し出した。

「それから、私は三浦と、明菜ちゃんは星野と交際するようになったんです」

「先輩の話では、明菜の方はすぐに夢中になって……。あの子、箱入りだったから」

と恭子が美晴の話を補うように続けた。

「それにしても、付き合っている人の本名が、ホシノかどうか分からないというのは、どういうことなんですか」

有子には考えられないことだった。だいたいナンパをきっかけに、個人的な交際に発展すること自体、あり得ないと思う。お高くとまっているつもりも、上品ぶるつもりもない。ただ、どことなく怖いのだ。どうしても慎重になってしまい、結局自分がどこの誰か知っている人にしか心を許せない。だから恋愛の対象もごく限られてしまう。やよいから見れば、臆病ということになる。

「私たちには星野、夜の星に野原の野、名前を良次と名乗っていました」

星野は二十七歳、親がマンション経営をしていて、そこの専務、三浦はリゾート開発会社の御曹司だと聞いていた、と美晴は話した。

「私は、三浦にお金を用立てて欲しいと頼まれたことがあって……」

「あっちゃ」

やよいが声を漏らした。

「……一度だけ彼にお金を貸したんです」

会社のお金に手を付けた、穴埋めしないと父親から大目玉を食らうからという三浦の子供じみた口実に、美晴は三十万円ほどを融通した。

「一週間ほどすれば返せる当てがあると言ったんですが、ひと月経っても返してくれませんでした。それでこれはおかしいな、と思って彼にリゾート会社の実情などをいろいろ尋ねたんです。そうしたら急に連絡がとれなくなって」

「ほな、お金は？」

「それっきりです」

「会社のこともみんな、嘘やったんですね」

「そうだと思います。うちの地銀では、くれぐれも異性関係は慎重にと言われていたのに」

美晴がうなだれた。

「三浦が嘘をついていたとすれば、星野だって怪しいですよね」

有子が訊いた。

「三浦と連絡がつかなくなって、明菜ちゃんにもそのことを話しました。星野にも注意した方がいいって。ですが私の言うことを信じなかったんです」

美晴が恭子を見た。

「そのことを先輩から聞いて、私も明菜にきちんと注意したのよ」

美晴から引き継ぎ、恭子が言った。

星野は自分が所有しているというポートアイランドの高級マンションの部屋を見せたり、テレビや雑誌で有名なフランス料理店に連れて行ったりしていたという。

「赤い外国のスポーツカーに乗って山口県の萩《はぎ》に行ったたって嬉しそうに話してたしね。星野のことを少しも疑っていなかったようだわ。やっぱり気になったから、萩で撮った星野の写真を写メで送りなさいよって言ったの。私は彼と面識がないから。でも明菜、送ってこなかった」

それまではよく写真メールを明菜から受け取っていたのに、星野が嫌がったんじゃないかなと、恭子は言って口を結んだ。

「明菜さんと星野は、どのようにして連絡を取っていたんですか」

明菜の携帯があれば、リダイアルで直接星野を捕まえられるかもしれない。

「私も調べたわ。連絡は一方的に明菜の携帯にあるんだけど、非通知。だから明菜は、星野の連絡先もましてや住所も知らなかったのよ」

「マンション経営で、専務という役職についているのなら会社があるんですよね。その会社の名前は？」

「それも分かりません」

恭子が謝るかのように下を向いた。

「そら、星野という名字かて眉唾やわ」

やよいが声を上げて、急に顔だけ突き出し、

「ほんで、その男は明菜さんに何を求めてたんですか」

と小声で二人に訊いた。

やよいは、彼らがそこまで素性を隠すのには、何か目的があるはずだと言った。

「小遣い稼ぎか、遊びでしょう」

恭子があっさりと言った。

「お金とお遊びですか？」

やよいが確かめる。

「そうだったと思っています」

と答えたのは美晴だった。

「明菜はこんな話をしたわ。星野には大手銀行の支店長から縁談話が出ている。会社のためにはその方が有利なんだが、自分は気が進まないと」

星野は明菜と結婚したい、と言ったのだそうだ。

「しかし自分には三浦と一緒に大きな事業をする夢がある。縁談を断れば、その銀行からの資金援助は難しい。何とか明菜に協力して欲しい、と持ちかけたんだそうよ」

「そら怪しいわ」

「そうなの。先輩も私も、それだけは駄目だって説得したから、被害はなかったと思うんだけどね」

やよいの言葉に応えた恭子が、浮かぬ顔を見せる。

「どうかしたんですか」

有子は二人を見た。

「私たちが星野に対する疑いを口にすると、明菜の機嫌が悪くなってしまって。それほど明菜は星野に夢中で、周りが何も見えなくなってたんでしょう」

仕方なく恭子は、両親に星野という男性と交際していることだけでも耳に入れた方がいいと説得した。だが、私は子供じゃない、と明菜は頑としてそれに応じなかったという。

「のぼせてしもてるんや」

誰に言うでもなく、やよいがつぶやく。

「それで思い切って、私たちで星野に確かめようとしたの」

明菜が星野と会う日に、恭子たちも同席した。

「彼が専務をしている会社のことや、いま住んでいる場所とかを根掘り葉掘り訊きました」

　美晴が言って、

「そのときの彼の煮え切らない態度を見て、頭にきたの。もう二度と姿を見せないでって言ってやったら、星野は怒って帰ってしまって。それもよくなかったのよね」

　恭子が反省を口にした。

「そんな対応に、明菜さんは納得しなかったんですね」

　有子にも、恭子たちがとった行動が、かえって火に油を注ぐことになったことは、すぐに想像できた。

「あの子の様子がおかしくなってきたの。彼が自分と会ってくれなくなったのは、私や先輩のせいだと恨み言を口にするようになるし、半分ノイローゼみたいになって授業にも出なくなってしまって。私を避けるようにしてた」

　それから三カ月ほど経ったある日、美晴が星野に似た男性を垂水駅前で見かけた。

「明菜ちゃんが言ってた赤いスポーツカーに乗るところを見たんです。それで慌ててタクシーで後を追いました。よく見えなかったんですが、横にいたのはたぶん三浦とは違う男性です」

　そして車は明石市朝霧のマンション建設現場付近で止まった。そこで星野だけが降り、助手席の男性が運転席に乗り込んだ。

「そこは、父が警備をしていたところなんです」

有子は興奮気味に言った。

「明菜ちゃんが転落した場所ですね。しばらく様子を見ていると、作業服に着替えた星野がそこで働き始めたんです」

「やっぱりマンション経営会社の専務いうのも、デタラメやったんや」

やよいの声だ。

「そういうことです。それも慣れない感じで、周りの人間から指示されて、いろいろなものを運んでいました」

美晴の口調は静かだったが、

「その姿を見ていたら、三十万円のことが頭に浮かんで悔しさが込み上げてきました。そうしたら居ても立っても居られなくなって……。自分勝手なようですが、とにかく星野に三浦の居場所を訊こうと思ったんです」

と言ったときの表情は、憤《いきどお》っているようだった。

「でも、作業場は大きなトラックや建設機器でごった返していて、近づけない雰囲気でした。それで怖じ気づいてしまって」

「そんなところに、明菜さんは星野に会うために入っていった」

危険区域を承知で明菜は、星野に会いに行った。形振《なりふ》り構わず、男性の元へ飛び込んでいく女性。有子の脳裏に母の顔が浮かんだ。

私には絶対にできないことだ。

脈絡もなく、今度は珠乃の笑顔を思い出す。

「私が悪いんです。星野がマンション経営の会社で専務をしているなんていうのが真っ赤な嘘だと分かれば、明菜ちゃんの気持ちも冷めるだろうと思ったんです。でもそれは間違いでした」

「どういうことですか」

「価値観の違いというか」

「価値観？」

「男性を見るときに、経済力って重要なポイントだと思っていたんです。でも明菜ちゃんは違っていました」

専務だの大きな事業を興すだの大風呂敷を広げていた人が、建設作業員として他の人から指示されて動かされていれば、一気に興ざめしてしまうと思ったのだと美晴が言った。

「明菜さんは、そうならなかったということですか」

「むしろ、自分のせいだと思ったみたいです。自分のことで星野が、両親からそんな扱いを受けているんだと」

「あかんわ、完全におかしなってるわ」

やよいが天井を仰いだ。

「あの工事現場で見たなんて言わなければよかったんです。そうしたら、あんなところまで会いに行くこともなかったのに……事故にだって遭わなかったんです」

涙声の美晴はハンカチで目を覆った。唇が震えている。

「大丈夫ですか」

有子は美晴に声をかけていた。その瞬間、嫌な過去を思い出した。それは大震災の次の日のことだ。

避難した小学校の体育館の裏で、見知らぬセーラー服姿のお姉ちゃんが泣いていた。幼稚園児だった有子は、顔をのぞき込んで、声をかけた。

「だいじょうぶ?」

するとお姉ちゃんはキッと有子を見て、怒ったような顔で走り去った。どうして怒ったのか、長い間心の片隅に引っかかっていた。

それが何となく理解できたのは、中学校時代だ。家庭科の授業でちらし寿司を作った。調理に自信があった有子は、誰よりも薄くてきれいにできあがった錦糸卵をみんなに見せたかった。ところが使い慣れていないフライパンではいつものようにいかず、卵がくっついて離れない。焦って無理に剝《は》がすと、破れてぼろぼろになってしまった。ほんとうは悲しかったが、平静を装い笑みさえ見せた。

そのとき先生が「大丈夫？」と声をかけてきた。

心配などされたくなかった。何より先生の言葉が空々しく聞こえて、かえって腹が立った。いまにして思えば子供っぽい感情だったと思えるけれど――。

あのときお姉ちゃんは、家族を失って悲しんでいる姿を人に見られないように、体育館の裏で泣いていたのかもしれない。有子の気持ちの伴わない言葉がどれほど空々しく聞こえただろうか。

有子は、大勢の人が辛い気持ちで小学校に避難してきているにもかかわらず、どこか浮かれていた。近所の人たちが集まっているのを見て、遠足や盆踊りに参加したときのような浮ついた気持ちだった。

それが心配している訳でもないのに「だいじょうぶ？」という無神経な言葉となって出た。

いま美晴にかけた言葉も、自分の中では空々しいと思えてならなかった。どうしてそんな風に思うのかは、分からない。

やよいが、注文しておいたマカロンを一つつまんで、鼻先で揺らすのが見えた。それを手に載せられて、有子は我に返った。

「この話ですけど、他の人にしたことがありますか。たとえば明菜さんのお家の方とか」

と言って、やよいが恭子に向き直る。

「事故の後、なぜあんな場所に明菜が行っていたんだろうと、ご両親から訊かれたわ。でも、騙された男性に会いに行ったとは言えなかったので」

恭子が答えた。

「そうですよね」

やよいはうなずいた。

「とにかくお父さんは腑に落ちないって感じだったわ」

「事故について疑問を持っていたということですね」

やよいは女性刑事のような訊き方をした。

「お見舞いに行ったとき病院で何度か顔を合わせたわ。いつ頃だったか、あの工事現場は警備が良くなかったんだと、怒ってらした」

恭子は有子を一瞥し、

「……警備員に問題があったんだって」

と申し訳なさそうに言葉を継いだ。

父のせいじゃない。有子は奥歯を噛んでやよいの横顔を見る。

やよいには何か考えがあるようだ。そして軽く下唇を前歯で噛む癖を見せるときは、自分の考えに自信を持っている証拠だ。

「明菜さんのお父さんに、最後に会ったのはいつ頃ですか」

と言って有子の視線が気になったのか、やよいはちらっと有子を見た。

「それは、あの……」

恭子が珍しく言い淀む。

「どうしたんです？」

有子はやよいと共に声を出した。

5

恭子たちと別れたのは、午後四時半を過ぎていた。その後、三宮で食事をして、午後九時頃有子の家に着いた。

一気に情報を得たため、有子の頭は混乱していた。整理したい、という理由で有子は、自宅に戻ると言うやよいを家に引き留めた。まだ一人になりたくなかった。

「私、ついて行けへんわ」

有子は、風呂から出てきたやよいに、事件そのもののことよりも、その背景にあるすぐ男性に気を許す明菜と美晴への反発を口にした。

「有子らしいな」

ショッキングピンクのジャージを着たやよいが、ソファーに身を投げ出して言った。

「私って古い？」

「そうやな、シーラカンスよりはましってとこかな」

「そんな、生きてる化石級ってことやん」

ふくれっ面を作った。

「あらま、可愛らしい顔して。ただそこが有子のええとこや。そんな十九歳の女の子がいてもいいんや。みんな同じやという方が気色悪いわ」

褒められているのかどうか分からない。

「ただ、今日訊いたことは、刑事さんに言うた方がええな」

やよいが髪にドライヤーを当てた。

「警察は、もう何も捜査してくれへんわ」

有子は、ペットボトルのダイエットコーラを、テーブルに置いた二つのグラスに分けて注ぐ。そしてやよいの隣に移動して座った。

「あのな、私が刑事いうたら、中原さんのことや」

「それなら、元刑事」

有子は注意して、

「まあいいけど。そうやね、中原さんには全部報告しとかないと」

とうなずいた。

「私の捜査員としての能力も報告せんとな」

「捜査員って、ほんまに警察官採用試験受けるの？」

心配になって訊いた。もし受験するとなると専門の勉強が必要になる。

「まあ、それはおいといて、今日聞いた話はもの凄《すご》、重要になるで」

それは有子も実感していた。明菜は、自分の意志で建設作業員である星野に会いに行った。そこがいくら危険区域であろうと、また父が完全に制御していようと明菜はそこに進入した。つまり父が全面的に責任を感じる必要はなかった。

さらに明菜と一緒に転落した男性が星野だったとすれば、その場から姿を消した理由が判明したことになる。彼は明菜との結婚をほのめかし、彼女からお金を騙し取った疑いがあるのだ。

星野が、明菜に呼び止められたとき、これまで彼女に対してついてきた嘘がばれたと思ったにちがいない。

「明菜さんを助けようと思たんとは違う」

とやよいが言った。

自分が建設現場にいるということで、すべての嘘が見破られたと判断した星野は、できれば逃げ出したいと思ったはずだ。　身を挺して明菜を助けるとは考えにくい。

「ううん、　逆かもしれへん。　突き落とした、というこどかて考えられる。もしそうやったら、立派な殺人未遂いうことになるのとちがうか？」

「そうやったら、どうなるんやろう」

有子は暗い気持ちになった。

「まあ、そんなことより、あんたもお風呂に入っておいで。ええお湯や。お風呂場広いから、すべらんときや」

「もう、自分の家のお風呂なんやから、やよいよりも慣れとお」

笑いながら有子は風呂場へ行った。久しぶりに笑った気がした。

有子は湯船に浸りながら、やよいが言ったことをもう一度考えてみた。

星野にやましいことがあったとすれば、たとえ彼が怪我を負っていたとしても、病院から姿を消したことに納得がいく。

何より、恭子が最後に及川と会ったとする時期が問題になるはずだ。

「なあ有子ちゃん、中原さんに連絡してみような」

上目遣いのやよいが、風呂上がりの有子の腕をとった。聞き慣れない「ちゃん」付けが気持ち悪い。

「彼氏にもそんな言い方しとぉんやろ」

「彼氏にはもっと濃厚な視線送るわ。なあ、電話してみよう」

「こんな時間から？」

有子はやよいの熱い要求に押されて、中原に電話をかけた。しかしあいにく今晩は西区のパン工場での警備が入っていた。工場ラインを二十四時間稼働させるため夜通し警備に当たる。交代要員が病気で休み、急遽中原の出勤となったそうだ。

これまでも時間のない中で、有子のために動いてくれていたのだ。そう思うとこれ以上迷惑をかけていいのか迷う。

「では明日の午後二時頃、いかがですか」

中原が言った。

「大丈夫ですが、中原さんの方はいいんですか？」

「ええ。それじゃそうしましょう」

「あの」

無理をしないでほしい、と言おうとしたが電話は切れていた。

「どやった」

「二時頃にきてくれるって」

「よかったやんかいさ、有子ちゃん。ほな、そのときに私の考えも聞いてもらおう」

下唇を噛みながら、やよいが目だけで笑った。

「よかったんは、やよいの方みたいやね。ほんでやよいの考えって何よ？」

「恭子さんが最後に及川に会ったという五月一日に、大きな意味がある気がするんや」

「六甲で自殺した遺体が発見されたのが、五月三日の朝やったことと関係あるんやろ」

平川から直接聞いてはいないが、新聞には及川が死亡したのは五月二日の午前一時から四時頃と書いてあった。

「そや。そして恭子さんが及川と交わした会話が、私は気になって仕方ないんや」

有子は、昼間聞いた恭子の話を正確に思い出そうとした。

――五月一日に明菜のお見舞いに行ったときが、明菜のお父さんに会った最後だったわ。廊下に出て立ち話をしていると突然お父さんが、あの子の転落した事故現場にいた警備員が死んだのを新聞で見ましたか、と訊いてきたの。私は何のことか分からなかったので、どういうことですかと問い返したわ。

「彼のせいだったんです。明菜があんなことになったのは」

――私は余計に訳が分からず、警備員ってどういうことですかとまた尋ねた。

「生田という男が、明菜をあんな目に遭わせたんですよ。だから天罰が下ったんだと思います。いろいろ調べてね。ちゃんと事故の真相を知る人がいたんですよ」

――それで私はようやくお父さんが言っている意味が分かったの。お父さんが言っている生田というのが、星野の本名だったんだと。でも星野は警備員ではなく、作業員だと聞いていたんですがって言ったの。

「星野？　作業員？　それは生田のことですか。生田というのは五十前の男ですよ」

——また話が見えなくなった。それで仕方なく、星野のことを話したの。お父さんがその真相を知ったんじゃないんですかって、ね。

「何だって！」

——星野のことを知らなかった様子を見て、私の方がびっくりしたわ。お父さんの慌てようと、その後血相を変えて病院を出て行かれた姿は忘れられないもの。

「及川は完全に勘違いをしてたんや。重要なんは、事故の真相を知る人がいたんやって言うてることとや」

やよいが気の抜けたコーラを喉を鳴らして飲んだ。

「その人物が、明菜さんの転落事故をお父ちゃんのせいにしたいうことなんやろか」

「うん。それにおっちゃんの勤めてる会社の近くに及川が現れたんが、去年の冬やろ」

「喫茶店にモーニング食べにきてた人が、ほんまに及川やとしたらな」

「有子のおっちゃんの近くに現れてから復讐まで、ちょっと間が空き過ぎてる気がする。あっ、ごめんな、事件なんか起こらん方がよかったんやけど」

やよいが真剣な顔で謝った。

「謝らんでもええよ。そんなこと言うてたら、話にならへんもん」

やよいの気遣いが嬉しくもあった。テレビでも小説でも、あまりにも軽々しく人の生き死にを口にすると感じていた。それが自分のもっとも身近なところで殺人事件が起こって、ともすれば自分自身も慎重さを失っていたように思う。

「やよい、ありがとう。気遣《つこ》てもろて」

照れくさかった。顔が火照《ほて》っているのはお風呂上がりだからだけではない。

「今年に入って、約四カ月間に何があったのかも知りたい」

「及川がお父ちゃんに行き着いていたのに、行動を起こさなかった月日ってことやね。でも殺人を犯すなんて、普通の人間やったらそれくらい悩むんとちがうかな」

「躊躇するやろな。もしそうやとしたら決行するにも、何かきっかけがいるんとちゃうか？」

やよいは、逆に何か背中を押すものがあったのではないかと考えているようだ。

「それを中原さんに？」

「そうや。私な、星野と名乗った男をどないしても許せん。だってこいつがすべて悪いんとちゃうの？」

確かに、星野が明菜の前に現れなければ、明菜が苦しむこともなく、当然転落事故にも遭っていない。転落事故がなければ、父が及川に殺されることもなかった。そして及川も自殺する必要などなかったのだ。まるでつながる一条の鎖のように。

「そうや。天罰が下るんやったら、星野の方やと思う」

有子は、及川が父に対して口にした天罰という言葉をわざと使った。そうすることで、行き場のない怒りを静めようとした。

第五章　不仕合わせ

1

六月四日　木曜日

先週、中原に会った後、やよいは自宅へ戻った。それから有子は一人、父が事件に巻き込まれる前の生活に戻そうと懸命に踏ん張った。ずっと休んでいた印刷会社のアルバイトもこの火曜日から再開し、大学の授業にもきちんと出席するようになった。

この先なんでも一人で決めていかなければならないことへの不安は、いまもつきまとっている。しかし、あえて事件前と同じ生活リズムにこだわった。そうすることで、自分の不幸を呪う時間をできるだけ減らしたかった。

何よりも、中原からやよいと二人だけでの調査は堅く禁じられたことが大きい。調査はすべて中原に任せるようきつく窘《たしな》められた。

有子より、女刑事を気取っていたやよいの方が落胆したようだ。それでも中原から、何が及川の背中を押したのかという着眼点について褒められると、やよいの機嫌はすぐに直った。

愚痴からは何も生まれない、一歩ずつでも前へ踏み出しなさい、という中原の言葉に有子は素直に従うことにした。

有子は微生物学の授業を終えて教室を出ると、廊下で臨床栄養学が専門の早乙女《さおとめ》教授を見かけた。短大の方では臨床医学総論の授業を受けたことがある。

「あの早乙女先生」

気づけば有子は彼女を呼び止めていた。

早乙女は立ち止まり、

「はい？」

と振り向き、駆け寄る有子を見た。

「先生、すみません。私、短期生の生田と言います」

「そうですか。で、どうしました？」

早乙女は白衣を着ていることもあって、問診をする医師のような口調だった。彼女は医学博士だが外来患者を診たことはない、と聞いている。もし外来診察をすれば、五十がらみのぽっちゃりとした優しい風貌は、患者にとって安心感を与えてくれるありがたい存在だろう。

「あの……、寝たきりの人にとって食って何なんだろうって、考えることがあったんです」

明菜の姿を目にしてから、心の片隅にあってくすぶっていた気持ちだったのだが、上手く表現できなかった。

「よく分からないけど、お身内に介護が必要な方がいらっしゃるの？」

「いえ、そうではないんですけど……」

明菜のことは簡単に説明できない。

「そうね。患者さんの状態は？」

早乙女が優しそうな目を向けてきた。

「頭を強く打って、首から下が動かないような感じでした。話すのも難しくて」

明菜を思い浮かべて言った。

「反応はあるの？　たとえばこちらが言うことを理解している風に見えるとか」

「たぶん……。分かってると」

母親はこちらの言うことはちゃんと分かると言っていた。それに有子に向けられたあの目——。

「でも、チューブで栄養を摂っていて」

「経管栄養チューブは、鼻孔から？」

「はい」

「それじゃ、生田さん。食べることの目的を三つ上げてみて」

そう言いながら早乙女は、廊下の窓際へ身を寄せるように有子を誘導した。そのとき初めて、廊下の真ん中で立ち話をしていて、通行の邪魔になっていることに気づいた。

窓から降り注ぐ午後の光は、初夏のものだった。

「一つは生体機能を維持するためで、もう一つは行動するためのエネルギー源補給です。そして三つ目は、楽しむためです」

これまで学んだことを思い出して答えた。

「そうでしょう？　それが分かっているなら、あなたの質問の答えは、自ずと出てくるわ」

早乙女が微笑む。

「寝たきりであっても、生体機能は維持しなければならないし、少しでも動こうとするためのエネルギーだって必要だと思うのですけど、楽しめないんじゃないかと思ったんです」

「そこよ。そこをもう少し掘り下げなさい。どんな状態でも、楽しむことを放棄しちゃったら人生は味気ないわ。これからの研究テーマとして、とてもいいところに目を付けましたね。あなた、短期で終えるの？」

「……」

進路に迷いのある有子には、即答できない質問だった。

「迷ってるのなら、一度私の研究室にいらっしゃい。希求館の三一一号、お茶ぐらいご馳走しますから」

「ありがとうございます」

有子は慌ててお辞儀をした。

「あなたのような巨視的な質問をしてきた学生、久しぶりよ。頼もしいわ。じゃあ自分でよく考えてね。そして答えが出たら、聞きたいわ」

早乙女は笑顔でそう言うと、小さく手を上げて立ち去っていく。

三つの目的のうち、楽しみを深く掘り下げると言っても、流動物を鼻から胃へ流し込んでいる明菜に、どうやってそれを感じさせればいいのだろうか。見当もつかない。

でも、それが研究テーマとなりうることだと早乙女は認めてくれた。

考えてみようか。

味覚が、食べる人の精神的な状態で大きく左右されることを有子は身をもって体験した。精神的に落ち込んでいて、食欲がないときは味が分からなくなった。それが食べる相手や、人からの温かい言葉によって一瞬で回復することがある。不思議なものだ。楽しむことは目的だが、美味しい料理を作るための手段になるのかもしれない。

就職先を食品メーカーと決め、そこで商品開発の仕事に携わりたいと思ってきた。けれど四年制へ編入して臨床栄養学の早乙女ゼミに参加すれば、どのような道があるのか、有子には分からない。にもかかわらず、有子は早乙女を呼び止めていたのだった。

明菜への恐れがあるのだろうか。いや、明菜本人が父のせいでないことを一番知っているはずではないか。その上、父は自分の責任だと心を痛めていた。明菜が父を恨んでいる訳はない。

アルバイトを終え自宅に戻り、一人の夕食を済ませた。店頭に並び始めたそら豆を使い、生クリームを合わせた冷製スープと、旬の魚トビウオのオリーブオイル焼きチャービル添えを作った。そら豆は高血圧対策によく使う食材だったし、トビウオは父の好物だ。味付けに使ったバルサミコ酢も高血圧の予防に役立つものだ。いかに自分の料理が、父の健康に主眼を置いたレシピだったか思い知った。

やよいが、私のことをお父さん子だってからかうのも無理はないな。

食欲が完全に戻っていないのか、炊いたご飯は遺影の前に供えただけで、有子は口にしなかった。

テーブルにコーヒーを用意し、早乙女が書いた臨床栄養学のテキストを手に取る。読み始めるが静けさに耐え切れず、ミニコンポにCDをセットした。映画音楽集に収録されている『ピアノ・レッスン』が流れると、また泣けてきた。父が大好きな曲だったからだ。

その調べは哀しく、美しい。けれど心の中に絶え間ない波のように押し寄せる力を感じる。

どんなお話なの、と子供の私は尋ねた。

ピアノを練習する女の人の話。お父ちゃんはピアノを弾こうと思ったことがなかったけど、と父は答えた。本当は、自分の気持ちを伝える唯一のものとしてピアノを弾く女性の話だと、去年ＤＶＤを借りて知った。

ピアノを売ってしまった夫、それを買いとる男の愛。父はどんな気持ちでこの愛の物語を観たのだろう。愛か。

そんなことを思っていると、突然リビングの電話が鳴った。

「ちゃんと食べてはるかなと思て」

珠乃からだった。

「はい、大丈夫です。最近はつい食べ過ぎてしまって、夏に向けてダイエットしないとなんて思うほどです」

自分でも信じられないくらい早口で嘘をついた。愛について思い巡らせていたことで、珠乃に対して、後ろめたい気持ちが生じていた。それがなぜかは、有子自身が一番よく知っている。

「そう、そやったらええんですけど。痩せたようだと中原が心配してたから」

「中原さんが」

「それでね、水無月《みなづき》をたくさん買ったんで、いまから持っていってもいいですか」

「もう、夕飯済ませましたし」

変な言いぐさであることは分かっている。頭に血が上ってしまい、訳が分からない。

「ごめんなさい。迷惑やった?」

「いえ、そんなこと」

「ほなええかしら。それとも水無月嫌い？」

「いえ……お待ちしてます」

妙に甲高い声になった。

水無月という京都の和菓子は、白ういろうの上に小豆を載せたもので、三角形をしている。有子はこれまで一度しか食べたことがなかった。

「ほな、これから寄せてもらいますね」

珠乃は電話を切った。

有子は受話器を置いて、テーブルの上を片付けようと立った。どうしていままでと同じように、珠乃と話せないのだろう。変に思われるではないか。


午後八時過ぎ、珠乃がやってきた。てきぱきと動き、水無月に合うからとお薄を点《た》ててくれた。

「主人、張り切ってるし、事件のことは任せといて、うちらは美味しいもんよばれましょ」

珠乃は、水無月を載せた皿を有子の前に置いた。有子とやよいが恭子や美晴から訊いた話を伝えてから、中原の目の色が変わったらしい。

「いつもご迷惑ばかりおかけしているみたいで」

「気にせんといてください。主人にとっても大切な方やったんやから、生田さんは。刑事時代に戻ったみたいに、帳面出してきていろいろ考えたはるわ」

「帳面を？」

「事件を整理するんに大学ノートを使うの。だから事件のたびごとに増えていって。刑事辞めたとき段ボール箱いっぱいの帳面を焼却処分したわ」

「そうなんですか」

有子は水無月をくろもじで切って口に運ぶ。

「中原さんはなぜ警察をお辞めになったんですか」

警察官こそ、正義感がある人に就いていて欲しい仕事だ。平川には、長いものに巻かれろ的な打算を感じた。それでは本当の正義は貫けないと思う。

「何でか、ほんまのところは分からへんね」

珠乃にも分からない中原が存在する。

「兵庫県警で伝説の刑事だって、平川さんが言ってたことがあります」

「そんな噂、聞いたことあるわね。事件が解決した日なんか、ぎょうさんの所轄署の刑事さんがうちにきはって、口々に中原を褒めてた。私が聞いてもこそばなるような言葉を使て」

「うちの父も、優秀な人やのにって言ってました。それなのにもったいないじゃないですか」

「あの人の美学かな、きれい事でいうと」

「きれい事？」

「たぶん正義いうもんに疑問をもってしもたんやろね。本人から聞いたことはないんやけど、そんな風に感じたわ」

「正義に疑問って、どういうことですか」

「ある殺人事件で犯人を逮捕しはった」

珠乃が淡々と話し出した。

ある男が金銭目的で侵入したビルで、そこのテナントのオーナーと鉢合わせをした。脅す目的で所持してたナイフを出してオーナーを襲ったが、揉み合ううちに逆に刺されて男が死んだ。

「侵入して死んだ男は、ギャンブル好きで、家庭があるのに放ったらかしのどうしようもない人間やったそうやの。当然オーナーの方は傷害致死容疑で逮捕したんやけど。

相当反省もしていて、遺族への補償もきちんとするという好人物やったらしい。問題はそこから」

　珠乃が言葉を切った。

「被害者の奥さんも子供も、男を嫌ってた。むしろ、いなくなってよかったなんて言うほどね」

「夫であり父親である人が、いなくなってよかったって……」

　有子には理解できない感情だった。

「それどころか、オーナーからの補償で子供を大学に行かせられるって。それを聞いた主人は珍しく元気がなかった。考え込むようになったと思ってたら、一年ほどして刑事を辞めるかもしれないって言い出さはった。たぶん、その事件が引き金なんとちゃうやろか」

「それで正義に疑問を」

「想像やけど、側にいてたら何となく分かるから」

　と言って珠乃が茶を啜る。

「三角形っていうのが、食べやすいですね」

　それ以上珠乃と中原の歴史を聞きたくなくて、その場しのぎのことを言った。

「そうやね。有子さん、水無月がなんで三角形か知ってる？」

「いえ」

予想外の言葉に手が止まった。

「これ氷室《ひむろ》の氷に見立ててあるんやそうよ」

「氷室って京都の北の？」

京都の北山の方に、冬にできた氷を夏まで保存できる場所があったと、聞いたことがある。

「そうそう。旧暦の六月一日は氷室の日なんやって。室町時代に、その氷室から氷を切り出して宮中に運んだんやそうです。偉いさんだけやのうて、臣下の人らにもお裾分けしたんやって。けど庶民には手が届かしませんさかい、氷に見立てたお菓子を作らはった。みんなして暑気払いをしたんやねえ」

「氷、ですか」

そう言われれば、ういろうが冷たく口中がさっぱりする。

「形も大事やと思います」

珠乃は嬉しそうな表情で、まじまじと皿の水無月を見た。

「珠乃さんは、幸せですか？」

無邪気な珠乃の姿を見て、思わず口から出てしまい、

「あっ、そんなの決まってますね。変なこと訊いてしまって、ごめんなさい」

と有子は謝った。

「もちろん幸せです」

やはり訊かなければよかった。そう後悔し始めているのに、珠乃は続ける。

「でも、何をもって幸せというのかで変わると思います。うちは子供に恵まれなかったから、子連れの夫婦が仲良く公園で遊んでるのを見ると、ああいうのが幸せなんやろかって思うこともあるし」

「私なんか、もう誰もいないから」

珠乃の幸せそうな顔を見ていると反発心が頭をもたげる。

「有子さん、好きな人は？」

「………人並みに」

最低の答えだった。

「それはそうやわね。その人と上手く行く方が幸せだけど、行かないと不幸やろか」

「それは不幸だと思います」

「私ね、ある漫画家が好きで、その人の本はおおかた読んできたん」

珠乃が、突然漫画の話を持ち出したことに驚いた。

「私が漫画って変？」

「いえ、そうじゃないですけど」

「複雑な女性の心理をえぐるって感じの漫画家、近藤ようこさんの『移り気本気』という単行本の後書きにある言葉を、私、よく思い出すの」

「言葉、ですか」

「そこにはね、人間の生活は『不仕合わせ』の連続である。だからといって、人間の生活は『不幸』なのかというとそうとばかりは言いきれないって記してあった」

好きな男性がいても自分に振り向いてくれないのは不仕合わせだけれど、想いを寄せる相手がいる至福感は捨てがたく、そんな生活が不幸とは思えないというようなことも書いてあると、珠乃は言った。

珠乃は、中原に寄せる有子の想いを知っているのか。そしてただ諦めろというのでは有子を傷つけるから、不仕合わせは不幸ではない、と告げにきたのだろうか。

もし、そうならとても惨めだ。結局、同情されているだけだ。そう思うと、水無月を持っていくなんて言い出したのも唐突な気がしてくる。

一方で珠乃の瞳に、そんな思惑があるようにはとても見えなかった。だいたい幸せかどうかを尋ねたのは有子の方ではないか。

「その漫画、貸してください。読んでみます」

そう言うことで、有子は逃げた。

「そしたら、今度持ってきますね」

しばらく雑談を交わし、珠乃は水無月の他にサクランボとビワをワンパックずつ置いて帰っていった。

珠乃は、ただ有子のことを心配してきてくれただけなのかもしれない。

2

土曜日の午後、有子はやよいと中原の運転する車に乗っていた。向かう先は、明菜の入院している病院だ。そこで恭子や美晴と落ち合うことになっている。

そのお膳立ては、中原に頼まれて有子がした。やよいは、やっぱり女刑事としての素質が買われたんだと喜んだが、恭子たちは二つ返事で応じたとはいえない。

中原が元刑事だということが、彼女たちを怯えさせていたようだった。有子は中原の人柄を分かってもらおうと、懸命に説明した。

「お嬢さん、高島さん、突然お時間を取ってもらって申し訳ありませんでしたね」

ハンドルを握る中原が、後部座席に座っている有子たちに声をかけた。

「いつでも言うてください。すぐ出動できるようスタンバイしてますさかい」

やよいは女性刑事のノリで答え、

「何か分かったんですか」

と尋ねた。

「高島さんのお陰で、いろいろ見えてきました。それで小谷さん、山崎さんの二人に確かめたいことが出てきたんですよ」

「私って、刑事に向いてるんやろか。中原さん、どう思わはります？」

「刑事ですか？　苦労の多い仕事です。」

中原の顔は見えないが、語調から厳しい表情になったのが有子には分かった。事件ごとに一冊の大学ノートを書きつぶすほど一所懸命に取り組んでいた中原にとって、正義に疑問が芽生えたことがどんな意味をもつのか。有子には想像できなかった。

「素質はありますよね？」

と言ったやよいの言葉にかぶせるように、

「分かったことって何ですか？」

有子が中原に訊いた。これ以上中原に、刑事時代を思い出させたくない。

「赤いスポーツカーの持ち主が分かりそうなんです」

「星野の車ですよね。じゃあ星野の正体も」

「彼の所有するものであれば判明します」

中原は、事故現場である建設現場入り口付近に設置されていた監視カメラの映像を入手したと言った。

「少々苦労しましたが、警備の元請け会社に、事故の検証と今後の対策をしたいと言って借りたんですよ」

「そんなものがあったんですか？」

映像が残っているなら、事故原因の検討の材料になったのではないか。

「お嬢さんの疑問はもっともですが、その監視カメラの映像は工事現場の出入り車両を中心にした映像です。建設現場であった事故は映っていません」

そのため確認材料とされなかった。

「しかし、むしろノーマークであったことで、消去されずに残っていたのではないかと思うんです。それだけ事故や、若い作業員、星野に関する記録が残ってないんですよ」

「誰かが消したのかもしれない、ということですか？」

そんなニュアンスを中原の言葉から感じた。

「ええ。このファイルを見てください」

信号で停車したとき、助手席に置いてあったクリアファイルを有子に差し出した。

「監視カメラの映像から抽出した画像です」

有子がファイルを開くと、そこにスポーツカーの写真があった。高いところから撮られていて、車が玩具のようにしか見えない。これでは赤いスポーツカーだということしか分からなかった。

「次の写真を見てください」

前方を見たまま中原が言った。クリアとは言えないが、車は文庫本ほどの大きさにまで引き伸ばされていた。

男が車から降りるところが、写っている。

「これが星野ですか」

「俯瞰《ふかん》写真ですから顔はよく見えない。ですが、会ったことがある人なら、それが星野なのか分かるかもしれないと思ったんですよ」

「これ、きっと分かるで」

やよいが写真を覗き込んで言った。

「ただ残念ながら、ナンバープレートは読めません。山崎さんに確認が取れたら、工事開始からのビデオを請求し、ナンバーを特定しようと思っています」

「けど、こんなスポーツカー目立ちますやろね。うちのこれと同じで」

そう言って、やよいが自分のショッキングピンクのトートバッグを見た。

「フェラーリ・テスタロッサという車で、それほど多く走っていないようです。扱っているディーラーへも問い合わせしてますから、そちらからも所有者が分かるかもしれません」

フェラーリという名前は知っている。

「テスタロッサか」

「やよい知ってるの？」

大きくうなずくやよいに、有子が訊いた。

「名前だけな。元彼が車好きやったんや」

「結局、彼と別れたん？」

「もう一つ前の彼氏やがな。やよいちゃん引く手あまたやから」

「あー、あほらし」

「イタリア語で赤い頭。英語やったらレッドヘッドや」

やよいが、わざわざテスタロッサの意味を披露してくれた。

「私、レッドヘリングやったら知ってる。食材として使ったことはないけど」

「燻製《くんせい》ニシンのことかいな。嫌なこと言うな、有子は。縁起でもない」

「なんで縁起でもないの？」

「ミステリーぐらい読みや。レッドヘリングいうたら、その手の業界用語で犯人と見せかける罠のこっちゃ」

「へえ、そうなんや」

「とにかくこの赤い頭が鍵や。そうですよね、中原さん」

やよいが気安く声をかけた。

中原は大きくうなずき、

「自称星野を捕捉しないと、真相が見えてきませんからね。それと今日は及川夫人に話を訊くことになっています」

と言った。

「話をしてくれるのですか？」

有子たちはあくまで明菜の友人として母親に会ったが、中原の立場は違う。

「ええ、何とか。生田さんへの誤解が解けつつあるように思うんです。その上で、事件までの及川の行動を訊きたいと思っています」

ジャスティス警備保障の近くで目撃されてから、犯行までの四、五カ月の間に、及川の気持ちに何があったのかも摑みたい、と中原は言った。

「高島さんが気づいたことは、大変重要になってきます。これまでの及川牧場を調べたんですが、トラブルは抱えていませんでした。牧場主の及川も真面目で仕事熱心、悪い噂は聞かなかった。善良な人間が殺人というタブーを犯すには相当の覚悟がいります。仮に明菜さんの復讐に燃えて生田さんに行き着いたとして、発作的に犯行に至るということはあるでしょう。しかし、数カ月も熟慮する時間があれば、復讐心の再燃というきっかけが必要だと思います」

中原がそう言って大きくハンドルを切ると、車は病院へと伸びる坂道を登り始めた。


母親の要望により、病院内の喫茶室で会うことになった。長机を挟んで母親の前に中原、その隣に有子とやよい、そして母親側へ恭子と美晴が着いた。

「先日は取り乱してすみませんでした。改めまして及川の家内、奈緒子です」

「いやこちらこそ、お時間をとっていただき感謝しています。娘さんの方は大丈夫ですか」

中原が頭を下げてから尋ねた。

「明菜には、私の姉がついてくれていますので」

この前見た母親といま目の前にいる奈緒子の印象が、少し違って見えた。それが緊張のせいなのか、有子の正体を知って憤っているためなのか分からない。伏し目で中原の顔を見ようともしないし、口を堅く結んでいた。

「お電話でも話しましたが、うちの生田は娘さんの事故を未然に防げる立場ではなかった。娘さんの方が、星野と名乗る男性に近づき、転落したと考えるのが妥当だと思われます。責任逃れで言っているのではないんです。生田が殺害された動機、そのものに誤解があったことを奥さんにも分かっていただきたいんです」

そう前置きして、中原は有子たちが恭子と美晴から訊いた星野に関する話をした。

「つまり、すべての原因は星野と名乗る男にあるということです。生田は会社の一員である前に、私にとって大切な友人だった。私はその友人が殺害された事件の原因を放置できないんです」

「何を言われても仕方ないです。悪いのは主人ですから。生田さん、申し訳ありませんでした」

奈緒子は有子に向き直り、

「でも、明菜にそんな男性がいたなんて知らなかったんです。それだけは信じてください」

と深々と頭を下げた。

及川が死んでしまっていることで行き場を失った怒りを、及川の家族へぶちまけたい衝動がときとして起こる。

お父ちゃんを返せるものなら返してよ。

そう思いながら有子は、うなだれたままの奈緒子を見詰めていた。

テーブル上でハンカチを握りしめる指は、明菜の介護のためか深爪で痛々しかった。顔は化粧っ気もなく、髪の毛は後頭部で固く結わえられている。生活のすべてが明菜の介護一色に染まっている印象だ。

殺人者の汚名は、当然及川牧場の経営にも大きな影を落としているにちがいない。それを思うと自業自得だと嗤《わら》えなかった。

沈黙が奈緒子を責めているような気がして、言葉を探した。しかし、うつむく奈緒子に投げかける言葉など思いつかない。

有子はやよいを見た。だがやよいも唇を尖らせたまま押し黙っていた。今度は中原に目を遣った。彼は優しげなまなざしで、奈緒子を見つめている。その穏やかさに少し戸惑った。

「あの、私にどうしろとおっしゃるのですか」

みんなに見詰められる状況が辛かったのか、奈緒子が中原に向かって言った。

「奥さん。私たちはあなたを責めているのではないんです。ご主人が、うちの生田を殺害するに至った経緯が知りたいんです。この言葉が気になるんですよ」

中原は、背広の胸ポケットからB6サイズの大学ノートを取り出した。

「言葉?」

奈緒子の声が震えている。

「ええ。ご主人が残したメモにあった『たいへんな過ちを犯してしまった』という言葉です。この言葉は当然奥さんもご存じですね。どういう意味なのか分かりますか?」

「それについては警察でも訊かれましたが、分かりませんと申し上げました。それは正直な気持ちです」

ハンカチを握りしめる拳の色が白くなった。有子には優しそうに思える中原だが、奈緒子はどこか警察官と同様の威圧感を覚えているのだろうか、身体全体がこわばっているように見える。

「そうですか、私は『たいへんな過ち』を、殺人を犯したことだと理解しました。警察もそう判断したようです」

あくまで中原の口調は穏やかだ。

「そうなのかもしれません」

「ですが、ここにおられる小谷さんとご主人が交わされた言葉を聞いて、違う考えが生じたんです」

中原が、有子たちが訊いた恭子と及川のやり取りをかいつまんで話し、そして恭子に、

「間違いないですね？」

と確かめた。

「はい、間違いないです。明菜のお父さんが話す生田という人と、星野はかけ離れていたんです。私が星野のことを話すと、お父さんの顔色が変わったように思います」

「奥さん。私が言いたいこと、お分かりになりますね」

中原の目が奈緒子を見詰めた。

「主人が、人違いをしたとおっしゃるのですか。間違いで生田さんを……」

奈緒子が有子に顔を向けた。しかしすぐ中原に視線を移す。

「たいへんな過ち。人を殺めたことではなく、相手を間違えたということではないのですか。憎しみ、復讐を遂げるべき相手を間違えたことを、五月一日に小谷さんとの会話で知った。つまり何の罪も恨みもない人を手にかけた事実に、ご主人は耐えられなくなった。だから自ら命を絶たれたのではないでしょうか」

「……」

「もう一度言います。私たちは奥さんを糾弾するためにお会いしているのではない。生田を星野と間違え、殺害したことは、大きすぎる過ちです。友人を奪われた人間として許し難いことだ。しかし、なぜご主人が生田を事故の張本人と思い込んだのか、いまはそれが知りたいんです。明菜さんの事故には不可解なことが多い。警備を担当した我々にも、分からない部分があります。その詳細を調べようとしても、意図的に消されたと思える所がある。にもかかわらず、ご主人は去年の暮れに、うちの会社に勤める生田の周辺に行き着いた。そこが疑問なんです。その間のご主人の行動を教えて欲しいのです」

「主人が生田さんを知った経緯なんて、私に分かるはずないじゃないですか。あの人が自分一人でしたことなんですから。だいたい、さっきからお話に出ている星野とかいう男性のことすら、私は知りません。明菜がその男性に会いに工事現場に行ったってことも、私には信じられないんです。むしろ私の方が、亡くなった警備員の会社の方に会って、明菜の事故の真相をお聞きできるのではと思っていたぐらいです」

奈緒子は堰を切ったように話した。

「そうですか。奥さんはまったくご主人の行動を知らなかったということですか」

「そうです。私は明菜があんな風になってから、ほとんど家におりませんでしたので」

奈緒子の声は震えていた。

やよいが立ち上がって、喫茶室に用意してある番茶を汲んで奈緒子の前に置いた。その後みんなの分の茶を用意した。茶を口にして初めて、二人のやりとりの緊迫感で喉が渇いていたのが分かった。

「では、話を変えます。また奥さんには辛い質問になりますが、ご主人が事件を起こす前、明菜さんに関して大きな変化があったんではないですか？」

中原がこれまで以上にゆっくり、そして優しい口調で訊いた。

「………」

奈緒子の頬にかかるほつれ髪が、小刻みに震えだした。

「何かあったんですね？」

「明菜には、何も……変わりはございません」

たどたどしく奈緒子が答え、落ち着きなく首を振る。それは中原の質問に対する否定の意味か、それとも変化のないことを嘆いているのだろうか、有子にはどちらとも判断がつかなかった。

「明菜さんに変化がない、ということは、変わったのは治療方針ですね？」

「……！」

奈緒子が驚いて顔を上げ、射るような目で中原を見て、

「権堂《ごんどう》先生にお聞きになったんですか」

と強い口調で言った。

「主治医は権堂とおっしゃるんですね？」

「権堂先生とお話をなさったのではないのですか」

訝《いぶか》る目つきで、中原を見た。

「及川さんが、一旦心に納めた怒りを再燃させる動機は、明菜さんに関わることしか考えられません。容態に変化があったか、それとも」

「それともなんですか。そこまで分かっていらっしゃるのならはっきり言ってくださ い」

奈緒子は、中原の言葉に神経を注ぐかのように目を閉じた。

「十月から入院すれば四月で半年になります。慢性期の患者さんにとって選択すべき一区切りがきます。つまり、治療行為を継続するか否かの。しかも、申し上げにくいのですが明菜さんの場合は、いま現在、寝たきりです」

「中原さん、どういうことなんですか？」

やよいが訊いた。

「積極的な治療の必要がない患者は、病院にとって負担になるんですよ」

「負担って、そんなアホな。ほな追い出すってことですか」

「転院を薦められるんです。そうですね、奥さん」

「おっしゃる通りです」

かすれた声でつぶやき、

「あの子の場合は、もっと惨いことを言われました」

奈緒子はハンカチで顔を覆った。その様子を見ていた中原が茶を飲んで間を置いた。

有子も息が詰まりそうで、何度も深呼吸を繰り返した。

「明菜さんの、今後のことですね。このままではいわゆる植物状態であり、この先の治療に意味はない、というようなことを言われたのではないですか？」

「そうです、その通りです。それだけではありません。若いだけに可哀想だと言ったんです。はっきりとは言いませんが、人工的に生かすのではなく、あの子を自然に……」

もう言葉にはならなかった。

「分かりました、奥さん。もう結構です。本当に辛いことをすみませんでした」

中原が謝った。それを見ていた有子も一緒に頭を下げた。

「奥さん、それでお願いがあります」

「なんでしょうか」

泣きはらした顔で見上げる。

「事故防止のために設置された防犯カメラの画像ですが、そこに星野と名乗った男と思われる者が映っています。実は先ほど、ここにいる山崎さんに確認していただいたんですが、似ているとおっしゃった。しかしいまひとつ自信がないんだそうです。そうですね山崎さん？」

訊かれた美晴が小さな声で返事をした。

「そこで、明菜さんにも確認していただきたいんです」

中原の言葉を聞いて、有子は耳を疑った。中原も明菜の状態を知っているはずではないか。主治医が治療の継続を疑問視するほど重篤な患者だ。その明菜に、美晴も確信が持てない不鮮明な俯瞰写真を見せてどうしようというのだろうか。

「明菜に、写真を？」

奈緒子は訝しげに復唱した。その様子から、奈緒子も有子と同じ疑問を抱いたにちがいないと思った。

「ええ、そうです」

中原は写真の入ったファイルを取り出し、中から一枚の紙焼きをテーブルに置いた。そして、

「明菜さんを騙した男です。そしてその男を糾弾しに行って、突き落とされたのではないか、と私は見ています。明確な殺意があったかどうかは分かりませんが、真実を知られたくないと思ったにちがいありません。すべてはこの男が原因なんです」

と、写真の中にいる男を指で叩く。その音が、テーブルを伝って置いていた手のひらに響いた。

「この男が、明菜をあんな姿に。分かりました、明菜に見せます」

今度は奈緒子の言葉に驚いた。有子は中原と奈緒子の顔を交互に見る。なぜ奈緒子はそんなことを引き受けるのだ。

「ただ、いますぐという訳にはいきませんが、いいでしょうか。明菜の体調と相談させてください」

「もちろんです。それにこの写真を見た明菜さんの反応の解釈は、私では分かりませんから、奥さんにすべて一任します。ここに同じような写真を何枚か置いておきます。それらはダミーですから、順に何度か見ていただいて、明菜さんの表情を読んでください。これは奥さん、いえ明菜さんのお母さんにしかできないことなんです」

「私にしか……」

「ええ。では連絡をお待ちしています」

再度、礼を述べると中原は席を立った。

3

奈緒子が明菜に写真を見せると約束して以来、その結果がどうなったのか気になって仕方なかった。大学で研究をしているときも、アルバイト中もふとしたときに思い出してしまう。

奈緒子は、明菜が何もかも理解していると言っていた。しかしそれは、親としての願望である気がする。医者も諦めている状態の明菜が、写真を見て理解できるものだろうか。しかもその解釈を奈緒子に任せた中原の気持ちが、分からない。

父を殺害した犯人の妻であることに変わりなく、どうとでも証言できるではないか。明菜が星野を知っているということは、そのまま及川が人違いで父を殺したことを認めるに等しい。すると及川のメモ『たいへんな過ちを犯してしまった』の過ちというのも、殺人そのものではなく、自分の勘違いを指すことになる。それは夫をさらに貶《おとし》めることではないのか。

星野など存在せず、あくまで明菜の事故は現場にいた父の警備ミスにしておけば、殺人は敵討ち、自殺の動機も良心の呵責《かしやく》で済ませることができる。その方が奈緒子には都合がいい。

そんな状態で、奈緒子に正当な判断ができるのだろうか。

ただ一方で、有子以上に犯罪と向き合い、犯人とも渡り合ってきた中原が、有子が抱いたぐらいの疑問に気づかないはずはないとも思う。

やよいに言わせれば、それこそ中原流の解決法なのだそうだ。

「相手の懐《ふところ》に入り込んでしまうんやね」

胸を張ってやよいが言う。

「言うなれば孫子の兵法や」

その意味を聞いたが、彼女は答えなかった。たぶんでまかせにちがいない。

大体、孫子の兵法って何なんよ。

やよいのあの勝手な思い込みと、楽観主義はどこから生まれるのだろうと、時折羨《うらや》ましくなる。いままで考えたことがなかったが、あのプラス思考はどことなく母を思い出させるのだ。そしてそれは珠乃にも似ている気がした。

そんな性格が、自分にだけ欠けていると思うと、何だか悔しい。有子がこんなにも臆病になったのは、他でもない母の失踪のせいだからだ。

「これから、いいですか？」

中原からの連絡は突然だった。


中原が迎えにきて、近くのファミリーレストランに入ったとき、時刻は午後七時過ぎだった。

「突然すみません」

席に着いて、飲み物を頼むと中原が謝った。年頃の娘さんなんだから、できるだけ外で会うようにと珠乃から釘を刺されたのだそうだ。

「お嬢さんにご迷惑がかかるとも知らず、私としたことが無神経でした」

「そんな、気にしないでください」

やはり珠乃は自分を意識している。

「及川さんから連絡がありました」

「そうですか、私も気になってたんです」

「結論から言います。明菜さんは星野の写真に反応したそうです」

「本当ですか！」

中原の方法に疑問を抱いたことに、有子は触れなかった。

「お嬢さんが半信半疑だったことは分かっていました」

「いえ、そんなことは」

「いいんです。ひとつの賭けだったんですから」

「賭け？」

「私は、娘の治癒を信じる母の気持ちに賭けたんです。たとえ医師が治る見込みは一パーセントだと宣告しても、その一パーセントを信じる力を彼女が持っているのかどうかに」

「よく分かりません」

「彼女の気持ちを考えてください。娘があんな事故に遭い、夫は殺人犯として自殺した。いま彼女の心はささくれ立っています。唯一のよりどころは娘に一縷《いちる》の望みがあることです。明菜さんとコミュニケーションがとれるということが喜びになりつつある。しかし、その気持ちも日々揺れ動いているにちがいありません。あるときは明菜さんの反応は、まったくの自分の思い込みではないか。しかしまた次の瞬間、いや確かに私の言うことはすべて理解できているのだと。だから彼女に確信を持ってもらいたかったんです」

「明菜さんが、必ず星野に反応すると思っていらしたということですか」

「そうです。いや、それがたとえ母親としての思い過ごし、願望でもいいと思っているんです」

「事実でなくてもいいと？」

「及川夫人に会って、何かを隠しているな、と感じました」

夫である及川が生田さんを殺すに至った経緯を、奈緒子は側で見ていたのだ、と中原は付け加えた。

「夫婦一緒に明菜さんを見守ってきて、泣いて苦しんできたんです。なのに医師から今後の治療の見込みはないと言われた。それを聞いた及川の憤りすべてが、生田さんへと向かった。その過程を妻も知っている。先日、彼女は私がすでに主治医を知っているかのような錯覚をした。つまりそれだけ主治医の言葉を意識していたのだと思いました。言葉は、ときとして残酷です。人の命だって奪いかねない」

中原が一つ溜息をついた。

「しかし、人を救うのもまた言葉かもしれません。彼女が気持ちの中にしまい込んだ事柄を引き出すには、まず彼女の心を癒さないといけない」

そうすれば必ず、すべてを話してくれる、と言ったとき、中原の表情が和らいだ。

「では、及川さんが何か話してくださったんですか」

有子の言葉に中原は大きくうなずいた。

「実はこれが届きました」

中原がバッグから取り出したのは、大きめの茶封筒だった。彼は有子に見えるように、さりげなく封筒を裏返し差出人を見せる。

「及川牧場……」

「及川奈緒子さんからです。星野の写真と一緒に、二通の封書が同封されていました」

封書を取り出すとトランプのカードを並べるように置き、有子に示した。

「一通は星野の写真を明菜さんに見せたときの様子を綴ったもの、そしてもう一通は、及川の遺書です」

「遺書!」

自分で言って、声の大きさに驚き口元を押さえた。

「及川は現場にはメモしか残しませんでしたが、奥さんにはちゃんとした遺書をしたため、自殺する前に投函していたようです」

封書に押されていたのは、遺体発見場所に近い郵便局の消印だったと説明した。

「平川さんたちは、遺書があったことをご存じないんですか」

「ええ。奥さんは誰にも明かしてない、と手紙に書いています」

ささくれを癒すことが必要だという意味が、やっと分かった。心の中にしまい込まれた事柄を無理に暴くことは誰にもできない、ということなのだ。とくに被疑者死亡のまま書類送検された事件の場合、警察は動機のことなどまともに捜査をしようとしない。そうなれば、永久に奈緒子の胸の中にしまい込まれたままだ。

「どうぞ、これを」

「私が、読んでいいんですね」

恐る恐る真新しい封筒と、対照的によれよれの封筒の二通を引き寄せる。

「当然、あなたが読むべきものです」

有子は新しい封筒から手紙を引き抜いた。冒頭に中原への挨拶があってその後、次のような文章が綴られていた。


小谷さんにも同席していただき、お預かりしました写真を娘に見せました。あなた様が用意したダミーの四枚の写真の三番目に、あの写真を挟み込んでおいたのです。すると前の二枚には無反応だった明菜ですが、赤い車を見たとたん、モニターの心拍数が増加しました。それは写真の順番を変えても同じ結果でした。明らかに明菜は、その写真に写る人物か赤い車を知っているのだ、と私は感じました。同席した小谷さんも、同じ意見でした。

あなた様は、きっと何もかもお見通しで、明菜に写真を見せるようにおっしゃったのだと悟りました。あなた様は、私がすべて知っていることをご存じだったのですね。もう何も隠さずお話しします。

主人が、転落事故を引き起こした張本人に責任を取らせると、捜していたことは承知しておりました。そして昨年末に、とうとう突き止めたと興奮しているのを見ました。私は嫌な予感がして「娘に恥ずかしいことだけはしないで欲しい」と言いました。その言葉が効いたのか、明けて正月を迎え、それまでのように、行き先を告げずに出かけるというようなことはなくなりました。

　私は胸をなで下ろし、明菜の看病に傾注しました。必ず回復させると心に決め、夫婦二人で全力を尽くそうと思ったのです。ただ商品の共同開発を進める女子大学へ出入りしていたときでもあり、明菜と同じ年頃のお嬢さんを見るのが辛いと、主人はよく漏らしていました。

　それは私も同じで、明菜を見舞ってくださる小谷さんや山崎さんが有り難いと思いつつ、時折まぶしくて、この子も二人のようにサークル活動をしたり、旅行に行ったりしたいだろうなと思うと、涙が止まらなくなります。

　日々体調の変化を気にしながら、少しも良くなる気配のない明菜の容態を見ているうち、私たち夫婦の心の中に、どうしてやることもできない無力感がどんどん膨れあがっていました。同時に担当の権堂医師への不満も増大していったのです。毎日何の治療もリハビリらしいこともせず、モニターに繋いで病状を管理するだけで、明菜が回復するはずもありません。先日も申しましたが、治療を必要としない患者は、いくら療養型病床を設置していても、病院のお荷物であるような言われ方をしました。とにかく半年を目処《めど》に転院するか、自宅療養に切り替えてくれと何度も言うのです。そして四月、権堂医師は「この先の治療に意味はない」と言い放ったのです。

そのときの主人は歯軋《はぎし》りの音が聞こえるほどで、横にいた私にも、その憤りがよく分かりました。そしてそのままどこかへ出かけていったのです。それが四月二十七日のお昼です。牧場の仕事をスタッフの人たちに任せきりで、何を考えているのか心配していましたが、五月一日ひょっこり病院に現れました。

そのときの主人の顔をいまでも忘れません。子供の頃に親に連れられて行った六甲の牧場で、乳牛に触れたことが忘れられず、脱サラしてまで牧場経営の夢を実現した主人です。本当に動物好きで、その目は象のように優しかったのです。それが蛇の目のようにきつく、背筋が寒くなるほどでした。そのくせ、突然高笑いを見せたり落ち着かない態度だったのです。もちろん人を殺したなどとは想像もしませんでした。

小谷さんと病室の外で話していると思っていたのですが、気づくともう主人の姿はありませんでした。

このことは誰にも明かしておりませんが、実は、主人の遺体が発見される直前に、私宛に主人から手紙が届いていました。それは主人の遺書です。それをお読みいただければ、あなた様や生田さんのお嬢さんの疑問も解けるものと存じます。

改めて生田さんのご冥福をお祈りいたしますと共に、生田さんのお嬢さん、そしてご友人であるあなた様にお詫びします。

また明菜のことを信じてくださったあなた様には、感謝の気持ちで一杯です。あの子が、私の言うことをすべて理解していると、本当の意味で確信を持つことができました。ありがとうございました。

かしこ
及川奈緒子

中原様

続いて有子は及川の手紙を手に取った。『及川奈緒子様』と書かれたボールペン文字が酷く震えている。これが遺書だと思うと有子の手も震え出した。

「お嬢さん。大丈夫ですか」

中原の声が聞こえ、彼の顔を見る。

遺書というものを見たこともないし、読んだ経験もない。震える文字でこれを書き、自ら死んだ。そう思うと、垂水署で見せられた遺体写真が浮かんできた。

父を殺した犯人の遺書。それが言い訳や懺悔《ざんげ》であったところで、見たくもないという気持ちが有子の胸の中に広がっていた。こんなものいらない、と破り捨ててゴミ箱へ放り投げたい。父は何も言い残せなかったのに。処置室の血まみれの父から何も訊けなかったというのに。被害者は突然、テレビのスイッチが切られたように姿を消す。加害者は弁解の機会が与えられ、ああでもない、こうでもないと好き勝手な話をでっち上げる。

「お嬢さんの気持ちは分かります。私もこれまで多くの被害者を目にしてきました。もちろん加害者も」

黙ったまま封書を見詰める有子に、中原が言った。

「中原さん。これを読むことで犯人を許さないといけないのなら、私は読みたくないんです」

中原に、いま思っていることをぶつけた。

「許す？　私はそのようなことを望んではいません。それにお嬢さんが許したところで、及川の罪は消える訳ではない。これは、生田さんが殺されねばならなくなった理由を見つけるために、調べているのです。その遺書は、ただの手がかりに過ぎないんです」

真剣な目つきで有子を見ている。

「中原さんが私の気持ちを理解してくれているのだったら、私、読みます」

有子は封書を開いた。宛名以上に乱れた文字が並んでいる。

たいへんな過ちを犯してしまった。取り返しの付かないことをしでかした。明菜をあんな目に遭わせた人間に復讐してやろうと思って、刺してしまった。殺すつもりはなかったんだ。旅行のパンフレットを持っていて、それを見たとたん、頭に血が上った。それが違った。あの人のせいではなかったんだ。パンフレットを握り締めてユウコって叫んだあの人の声が耳に付いて離れない。それを奪い取ったときの手の感触さえ残ってる。何て馬鹿なことをしてしまったのか。

馬原からきいたことを真に受けた俺が馬鹿だった。俺の生命保険を明菜の治療費にしてくれ。牧場を処分すればお前たちの生活費と、従業員の退職金にはなるだろう。

奈緒子、明菜をよろしく頼む。君と出会えて楽しい人生だったと思う。礼を言います。さようなら。

奈緒子と明菜へ

復讐、パンフレット、馬原、生命保険——。断片的な言葉だけがぐるぐると頭の中を巡った。文字にはいびつな迫力があった。けれど、死を覚悟してしたためられた手紙のはずなのに、どこか空々しく思えた。それは、父の事件に翻弄され続け、有子の感受性が麻痺しているせいかもしれない。

お父ちゃんは最期に私の名前を叫んだ。

この事実だけが、有子の胸を突き刺した。

「その遺書には、二つの手がかりが残されています」

しばらくして中原が、沈黙したままの有子に向かって言った。

手に握ったままだった手紙をテーブルに置いて、有子は応えた。

「馬原という人に父のことを聞いた、ということですね」

それを真に受けて、及川は明菜の事故を父のせいだと思った。

「そうです。それについてすでに調べは進んでいます」

「もう調べていただいたんですか」

「ええ、朝霧のマンションの建築工事主は馬原建設工業です。その馬原が、うちの会社の名前、いや生田という名を及川に伝えたことになります。うちは下請けですから、通常なら馬原は知らないことです」

中原の目が鋭くなった。

「あの赤い車。馬原建設工業の社長である馬原が所有していました」

「どういうことですか！」

「馬原家のガレージで確認してきましたから、間違いありません。これです」

中原が見せた写真には、真っ赤なスポーツカーが写っていた。

第六章　真　相

1

車種などを言われても分からない有子でも、それが監視カメラに映っていたのと同じ形のものだと分かった。

「馬原には、建吾《けんご》という一人息子がいます。これです」

次に中原が手渡した写真には、キャップをかぶった若い男性が写っていた。

「うちの社員が撮りました。隠し撮りですが上手く顔が写っていました」

写真を撮ったのは元警察の鑑識係員で、カメラ班だった人なのだそうだ。確かにはっきりと顔が分かる。

「山崎さんに確認していただいたんです。間違いなく星野でした」

中原が有子の顔を見た。

この男がすべての元凶か、と思うと有子は何も言えず、もう一度写真を凝視した。

「建吾は工業大学を出てから、父親の会社を継ぐ準備なのでしょう、いろんな現場で下働きをさせられています」

監視し、尾行した数日間でも二カ所の現場で資材などの運搬をしていたと、中原が続ける。

「そしてそれらの現場では、今度は草野《くさの》と呼ばれているのを確認しました」

「また偽名を……」

「ええ、つまり彼に真面目に交際する気など、最初からなかったということです。建吾の行動を追っていますが、どうやら不特定多数の女性に声をかけ、食い物にしているようだ。その被害者のひとりが明菜さんということになります」

「でも、どうして建設現場で偽名なんか使うんですか？」

「会社の後継者にはよくあることです。親族であることを隠して下働きさせ、仕事の内容や職場の雰囲気などを勉強させるんです。初めから経営者の親族だと分かると、周りが気を使って普段通りでなくなりますからね。しかし、これで星野が忽然《こつぜん》と姿を消した理由が見えてきました」

明菜の転落事故が、馬原建設工業の社長の息子と関連がある。そう世間に知られることを嫌ったにちがいない、と中原が言った。

「星野が、社長の息子だとばれるのを恐れて、逃げたとおっしゃるんですね」

「ええ。明菜さんがどうして危険な場所にまで進入したのかを詮索されると、建吾の良からぬ行動が表沙汰になるかもしれない。不況で受注が減り、公共事業も縮小傾向にあるいま、中堅の建設会社はまさに経営の正念場です。後継者のスキャンダルは、企業イメージを悪くします」

「会社のため、ですか」

「会社のためか、息子のためか。いずれにせよ、それに社長が手を貸したんです。でなければ、あれだけ上手く星野の存在を消すことはできなかったでしょう」

「でも、息子に後継者として仕事内容を教えるために、下働きさせるという気持ちがあるのなら、日頃の生活態度も改めさせるべきではないんでしょうか」

　どこか歪《いびつ》な親子関係であるような気がした。

「確かにそうです。会社の経営者として、うまく息子に引き継がせたいと思っているんでしょうが、責任者としての教育をしようとしながら、いざとなると責任逃れをする。一体何を学ばせているのか分かりません。しかし、そういったケースがよくあるのも事実です」

そう言いながら、中原は大きなごつごつした指をテーブルの上で組み合わせた。

中原は及川の遺書からも、馬原が息子をかばうために、すべての責任を警備員の父に負わせたと読める、と言った。

「馬原から見れば、うちなんていくつもある警備会社の下請けか、孫請けに過ぎませんからね」

中原が奥歯を嚙んだのが分かった。

「これからどうすればいいんでしょう」

馬原まで行き着いたが、その先が見えなかった。

「明菜さんと一緒に転落したのが、間違いなく建吾である事実を押さえて、馬原社長に会おうと思っています」

「そんなことをして、中原さんは大丈夫なんですか」

会社同士の力関係に詳しくないが、馬原に楯突いて中原に有利なことは何一つないことだけは、はっきりしている。

「お嬢さんの心配、ありがたいです。うちは吹けば飛ぶような会社ですが、必要としてくれる企業は他にもあります。とにかく馬原をこのままにしておくことはできません。会社を守るために目を瞑《つむ》れば、私も馬原と同じになってしまいます。なに、現在働いてくれている社員の食い扶持《ぶち》くらいは、私が責任をもって何とかします」

　きっぱりと言った中原が、そのまま続ける。

「罪を犯す人間を、たくさん見てきました。犯人は逮捕され裁判で刑期を告げられます。しかし、人を犯罪行為に走らせておきながら逮捕もされず、何の裁きも受けない人間がその陰に存在するんです。私は、悪というのなら、表に出ない人間も同じく悪だと思っています。ましてや本人に悪いことをしたつもりもなく、のほほんと暮らしている分、罪深い気さえしてくるんです。何が本当の悪なのかを見極めないと、真の正義は貫けません」

　テーブル上の中原の組んだ手に、力が入るのが分かった。

「及川は悪いですが、それと同じくらい、いえ、それ以上に馬原も悪いとおっしゃるんですか」

　中原の考え方は、裁判官の量刑基準とはまったく逆のように思う。裁判では直接手を下した人間の刑は重くて当然だが、それに比べて、相手を騙したくらいの人間の刑は軽くても仕方がないと思われている気がする。

「巨悪の周辺には、必ずと言っていいほど小さな悪が存在します。しかし私は悪に大小はない、本質は同じだと思うんです。気づかないだけでね」

「気づかない」

「当然、日々刻々人間は放っておくと悪いことを考えてしまう生き物です。ただ実際に口に出したり、行動してしまうとそれはもう取り返しがつかない」

「やり直しがきかない、ということですか」

以前父の友人の河東が、行為だけではなく、考えたり、思ったりしたことも記憶されてしまってると言ったことを思い出した。中原のいう悪もそういう類のものなのだろうか。

そうなると正義の人間なんて、この世に存在しないように思えてくる。

「みんな罪を背負っている。だからこれ以上、悪を重ねないで欲しい、と。私だって、そう褒められた人間じゃない」

「中原さんが？」

「私はね、お嬢さん。小学校一年生のときにあった出来事が忘れられないんです」

中原は近所の駄菓子屋のお婆ちゃんが大好きだった。優しい面立ちで、いつも明るく、時々飴玉やラムネ菓子をおまけしてくれるのが嬉しかった。膝小僧の擦り傷を見つければ、軟膏を塗ってくれたり、ズボンのお尻に穴があると見れば縫ってくれた。

「そんなお婆ちゃんを裏切ったんです」

いつも遊んでいる五人の悪ガキ、その一人が、ひとりずつ順番に駄菓子屋の菓子を盗んでくるという悪戯《いたずら》を思いついた。一種の度胸試しだ。

「参加したくなかった。しかし年上のガキ大将には逆らえない。一番安い一円の飴玉を、私は万引きした。私だけが見つかったが、お婆ちゃんは咎《とが》めなかった。ですがそのときの悲しそうな目は、いまも忘れません。いままで見たことのない暗い表情を思い出すと、脂汗が出てきます。一円の飴で、私はお婆ちゃんの気持ちをそこまで傷付けたんです。その夜、眠れないほど後味が悪かった。このとき二度と悪いことはしてはならない、と思いました。だから、せめて悪だと分かっているものを断罪する手助けをしようと……」

「警察官になられたんですね」

有子は直感的にそう思った。

「そうでした。ただ見失ったんです」

「何が正義で、何が悪なのかをですか」

「子供の頃のように単純ではなかった。目に見える正義と悪だけでは割り切れないものがたくさんありました。刑事としての限界を見たんです。つまり法律に抵触することだけが悪ではないということです」

法律に違反しないと裁判官が判断すれば、無罪放免されてしまう。それに耐えられなくなった、と中原が首を振る。

「罪は消えないというのに」

中原は遺書を読んだ際も、及川の罪は消えないと言った。裁かれなかったといって、また悔いて自殺したからといって、ましてや有子が許したところで、罪は消えない。

「ああ、自分のことばかり話して、すみません」

中原が汗を拭い、熱を冷ますように水の入ったコップに手を伸ばした。

「いえ。中原さんが警察官になられてからも、いろいろ苦しまれたんだろうな、と何となく分かりました」

珠乃から聞いた事件の話は口にしなかった。

「私のことはさておき、星野が馬原建吾であることを押さえたら、及川夫人に民事裁判を起こすよう提案するつもりなんです」

「裁判というのは？」

「明菜さんをあんなことに巻き込んだ建吾に対して、慰謝料を請求するものです」

「そのようなことができるんですか」

「本来ならば過失傷害か殺人未遂で告訴したいぐらいです。ただ突き落としたことを立証するのは難しいでしょう。詐欺罪はもっと困難だ。つまり刑事告発は無理ということです。ただ及川さんがその気になってくれれば、明菜さんの所持品などを調べ、建吾の詐欺まがいの行為の証拠を見つけ、慰謝料請求の提訴をしたいんです」

偽名を使い、職業を偽ったことなどは美晴の証言がある。騙す意図があって交際したことが明らかになれば、充分戦えると中原は言った。

「たぶん及川さんは金銭的な争いなどしたくない、とおっしゃるでしょう。しかし民事裁判に訴え出ることで、責任の重大さを少しでも分からせたいんです。心の汚れきった人間が、一番重大だと考えるのはお金です。金銭を請求されることでしか痛みを感じることができない。騙された明菜さんのためにも、そうすることを提案しようと思っています」

「悪いのは、建吾ですものね」

何の報いも受けないのは、確かにやりきれない。けれど「はい、そうですか」と慰謝料請求に賛同できない自分がいた。及川の家族へ慰謝されるということに納得ができない。しかし一方で、明菜を思って、介護食のあり方を考え始めている。自分で自分の気持ちが分からない。

「遺書に書かれた手がかりの二つ目、分かりますか」

中原が、うつむいてしまった有子に尋ねた。

「もう一つの手がかり？」

有子は、再度及川の遺書に目を遣る。

「お嬢さんには大事な手がかりです」

遺書の文字を追うが内容が頭に入ってこなかった。

すると、

「生田さんが及川に襲われたとき、旅行のパンフレットを持っていたと書かれていますね。それを取り上げられようとしたとき、お嬢さんの名前を叫ばれた。そのパンフレットは、あの小豆島への旅行のもので、同行者は、お嬢さんだったのではないかと思うんです」

と中原が言った。

「お父ちゃんが、いえ父が……私と」

慌てて訂正したが、中原の前でお父ちゃんと呼んだことが恥ずかしかった。

「パンフレットは、お嬢さんに見せるために用意されたものではないでしょうか」

中原が、全面を青い空と海、明るい日差しに映える緑で飾ったパンフレットを出した。

「これは？」

「Ｎツアーズにあったホテル・オリーブのパンフレットです」

「これを私に見せるために。でも父は一言も旅行の話をしてませんでした」

「それで、ひょっとしたら何かを聞いているかもしれないと思って、お嬢さんもご存じの河東さんに確かめてみました」

有子が目を見開いたので、中原はコピーした住所録から連絡を取ったのだと説明した。

「何か、ご存じだったんですか」

有子が驚いたような顔付きになったのは、河東と会ったとき、彼が何も言ってなかったからだ。

「旅行のことは河東さんも知りませんでした。ですが、自分のために無理をしてくれているお嬢さんに、何かしてやりたい、とおっしゃっていたそうです。その際、年頃の娘の興味はもっぱら美容とダイエット、ファッションに旅とグルメだろうと、アドバイスしたんだそうです。その小豆島のホテル・オリーブならタラソテラピーが行われ、美容と旅、グルメの三つの条件を満たすと思いませんか」

中原が有子の手にあるパンフレットに目を遣る。

お父ちゃん、私をびっくりさせようと思たん？　もし私が、四月二十九日に予定を入れていたら、お父ちゃんはどうするつもりやったの？　私だってゴールデンウィークぐらい羽を伸ばすこともあるんよ。どうして事前に言うといてくれへんかったの。

心の中で、父に文句を言った。

その瞬間、胸に熱いものが込み上げてきた。それを必死で押さえようとすると、今度は手が震えて止まらない。

処置室で横たわる父の耳元で叫んだとき、髪の毛がきちんと刈り込まれていたのを思い出す。

ほな、あの日散髪してたのも旅行のために。

「生田さん、楽しみにしていたんだと思います」

中原の眉間に縦皺ができた。

2

六月十五日　月曜日

昼休みに有子は、希求館の三一一号室の前にいた。早乙女の研究室だ。朝八時頃に、もし都合が良ければ一緒にランチを食べましょう、と早乙女から電話をもらっていた。約束の正午五分前に研究室に着くと、早乙女がテーブルに料理を並べている最中だった。

「いらっしゃい」

「先生、今日はお招きいただいてありがとうございます」

立ったままお辞儀をした。

「堅い挨拶は抜き。さあ座って。腕に縒《よ》りをかけて作ったのよ」

「ありがとうございます。先生、ここでお料理をされたんですか？」

有子は、狭いシンクと小さなＩＨ調理器を見てから、もう一度テーブルの料理に目を移す。ポタージュスープ、赤パプリカと茄子と玉葱のマリネ、鯛の蒸し物、鶏肉のソテーにはトマトソース、それにフランスパン。本格的な料理だった。調理器一つでは時間も手間も相当掛かるだろう。

「ええ、そうよ。下ごしらえもすべてここで。窮屈だけど慣れると、案外使いやすいわ」

早乙女が、とてもチャーミングな笑顔を見せた。

「生田さん、顔が少しむくんでいるわね。どうかしました？」

瞬時にして早乙女が医師の顔に変わった。

「いえ、何でもないです」

父が一緒に旅行しようとしていたのが自分だったのではないか、と中原から聞いてから家にいると泣けて仕方がなくなった。自分では見ていないにもかかわらず、旅行のパンフレットを奪われ、有子の名を叫ぶ父が、夜中に何度も頭の中に現れて、寝付けなかった。

「嘘はいけないわ。目も充血しているし、きちんと睡眠がとれてないわね。この間言ってた要介護の方と関係あるの？」

と言って早乙女は有子の顔を窺い、

「まずはお料理に手を付けて。私もいただくから」

そう言ってスープを勧めた。

「いただきます」

有子はスプーンを手に取った。

「アスパラガスのスープです」

「美味しい、です」

薄味だったが素材の風味が口中に広がった。マリネもソテーも過度な味付けはされず、口に入れてから少し遅れて旨味を感じた。オーケストラの生演奏を聴いたときも、少し遅れて音が耳に届く感覚を味わったことがある。そんな感じの味で、じわりとお腹も心も満たされる料理という表現がぴったりだった。

「でも素材は、近所のスーパーのお買い得品ばかりなのよ。ただオリーブオイルとバルサミコ酢にはこだわっているわ」

早乙女に見詰められると、何もかも聞いて欲しいという気持ちにさせられる。けれど、それほど親しくもない早乙女に話していいものか迷っていた。

早乙女がデザートのチョコムースとハーブティを用意した頃、有子は決心した。父が巻き込まれた事件、そしてその犯人が自殺したこと、さらにすべての不幸の始まりが明菜の事故にあることを話すと、早乙女は、黙ってうなずいた。

「とても複雑な心境ね」

明菜の様子を語ったとき、早乙女がそう言った。

「よく話してくれたわ。生田さん、大変なことを体験したのね。こんなことお聞きしていいのか分からないけれど、お母様は？」

有子は生き別れであるとだけ伝えた。これ以上可哀想な人間と思われたくなかった。

「実はあなたに声を掛けられた後、気になって仕方がなかった。あのときのあなた、どこか思い詰めた感じがしていたから。身近に介護の必要な方がいらして、疲れていると思ったの」

「それじゃ、今日お誘いいただいたのは」

「息抜きが必要だと思ったのと、私の知っている病院でこんな例があったから」

早乙女がレポート用紙を見せてくれた。

「胃ろうをつくった方が、口からの食事に切り替えたら、遷延性《せんえんせい》意識障害から少しだけ意識レベルが上がったのよ」

「胃ろうというのはどういうものですか？」

「直接胃にチューブで栄養液などを注入するものです。経鼻チューブは負担が大きいし、点滴だと消化機能が衰えるでしょう。でも咀嚼《そしゃく》して嚥下《えんげ》することに比べるとね」

胃ろうでも、やはり衰えは止められないと、早乙女が悔しそうに漏らした。

「噛む機能の有無と嚥下障害がないことを確認して、気道に入らないよう慎重を期さないといけないから、口腔マッサージなどを懸命に行った結果、この患者さんは上手く口から食べたの。するとね、一般的に医学では植物状態だと言われる遷延性意識障害に、改善の兆候があったというのね。食べようとする努力が、そのままリハビリテーションになるということが明らかになったんです。あなたにそれを伝えたくってね。

楽しむことを掘り下げる一方で、そんな側面もあるということを」

「食は、いろんな可能性を持っているということですか」

「そうよ。もう一つ、ある外食産業が介護食の新たな事業を模索していて、私の方から共同開発を持ちかけてみたの。生田さん、そのプロジェクトに参画する気持ちない？」

「えっ、私がですか」

「あなたの成績なら、奨学金制度を利用できる。そしてあなたの苦労を聞いて、苦しんだ分だけ他の人にはない、何かを得ていると感じたわ」

早乙女の申し出は嬉しかった。なのに口から出たのは、

「でも、自信がありません」

という言葉だった。どうしてそんな返事しかできないのか、自己嫌悪に息が詰まりそうになった。

やよいなら「よろしゅうおたの申します」と即答しているだろう。

「いいわ、考えてみて。ただし今月中に返事ください」

と言った早乙女の視線に、憐れみが含まれていなかったことが、せめてもの救いだ。

有子は返事をしてうつむいた。

「生田さんに一言ね」

「はい」

慌てて早乙女の顔を見る。

「もっと自分を信じてあげなさい。私の直感ですけれど、あなたに足りないのは信じる心かもしれないわね」


夜になって、やよいが家にきた。

「お泊まりしにきてぇな、おお、キレイ過ぎるやよいちゃんよっていう声を出してたもんな」

授業が終わって学内でやよいを見つけたが、バイトの時間が迫っていたので、話があるからうちにきて欲しいとだけ告げて、やよいと別れたのだった。

「そんなこともないと思うけど」

「弱い否定文やな。それは図星を指されたんと同じじゃや。で、どないしたん？　ヘンな男から告白《こく》られたか」

「違います、そんなことあるわけないやん」

「その手の話したら、すぐ顔を赤らめる有子ちゃん、「可愛らしな」

「もう、やよいのあほ」

有子は奈緒子の手紙、及川の遺書のことを話した。そして、父が行こうとしていた旅行は、自分を誘うつもりだったのではないか、という中原の推測もやよいに伝えた。

「絶句するいうのんは、こういうことやな。遺書を送ってたなんて、しかもそれで有子のおっちゃんの最期の様子が、少しやけど分かったやなんて」

やよいは大きく頬を膨らませ、

「有子、よう頑張ったな。そんなヘヴィなもん見てしもて、どうもなかったか？」

と有子の頭を撫でた。

「きつかったわ。それと今日、自分の将来のことを考えなあかんことがあったんよ」

有子は、臨床栄養学の早乙女からの申し出のことを話した。

「凄いやんか、やるな有子ちゃん。けど、うちの大学のエース級の早乙女先生と、いつの間に親しくなってたんや」

「それがそんなに親しくは、ないんよ。授業以外で会ったのは、たった二回だけやし」

「それは、速攻、惚れたな」

やよいは目を光らせた。

能にや」

「有子やのうて、惚れたんは早乙女先生の方や。惚れたいうても、それはあんたの才

「何言うとお。私、そんな趣味あらへん」

化粧を落としたため、ほとんど見えなくなった眉をやよいが寄せた。

「才能なんか、ないよ」

「本音言おうか？」

そう言ってやよいがソファーの上に正座し、

「よう聞きな。小学生のときにお母さんが家出したなんて家庭、滅多にない。あった

としても、有子のように真面目に、お父さん思いの娘に育つかどうか分からへん。あ

んたぐらいの可愛い顔してたら、大概男に逃げるやろうしな。その上、今度の不幸や。

けどどうや、しっかり自分の将来に目を向け始めてるやんか。それって凄いことやと

私は思うんや。立派な才能やって。もうそろそろ自分の力、信じたら」

「あっ、早乙女先生も同じようなこと言いはったわ」

「信じろってか？」

「うん。信じる心が足りないって」

と言った瞬間、「信じるか、信じないかは大きい」という言葉が、中原の声で頭の

中に響いた。それは父が、三松電工時代に出会った車椅子の青年の、可能性を信じる姿に心打たれ、気づいたことだ。だから父は、母のことも信じ切ろうとしていたという。

　奈緒子は、明菜との意思の疎通が図れていることを信じている。

　自分は何を信じているのだろうか。自身すら信じられていないのに――。

「早乙女先生が期待しているのは、有子には悪いけど、あんたに降りかかった災難なんやと思う」

「どういうこと？」

「災難を、不幸にしない力があんたにはあるように見えたんちゃうか。脳天気ちゅうのとはちゃうで。あんたが敵の娘を見て、介護食を何とかしようと思ったところ、かな。それには私もびっくりしたもん。普通は思いつかへんよ。転んでもただでは起きひん子やって感じた」

「鈍感なんかな」

「あのな、有子。あんたはほんまに、何でもマイナスにとりたがるんやな。自虐的な発想から卒業した方がええで」

「けど、自分では分からへんのんやもん」

「とにかく自分の可能性を信じなさい。信ジル者ハ救ワレル」

ヘンな外国人のイントネーションで、やよいが言った。それが可笑しく、二人で大笑いした。

やよいはそう言ったが、有子にはまだ自分の可能性というものがどこまであるのか分からなかった。ただ、信じることでしか、何かを突破できないことがあるような気もする。子供の頃、母親を無条件で信じていた。その信頼が崩れ去ってから、何につけても卑下するようになった。それは食の提供者が母親だったからではないか。母が口に運んでくれる食べ物を疑っては、子供は生きてはいけない。だから、父親よりも深いつながりを感じるのだろうか。

母はひたすら子供の成長を願い、お乳をあげ、離乳食を口へと運ぶ。提供する側の願いと、食べる者が抱く信頼こそが食の原点だ。

具体的に、どうすれば願いと信頼の食を作り出せるのか。それが問題だ。

「おおい、有子ちゃん。あかん、また何か考え事してるわ」

やよいの声がして、有子は我に返った。

3

六月二十六日の午後三時、有子は中原と共に及川牧場で奈緒子と対峙していた。中原が馬原と会い、そこで話したすべてをボイスレコーダーに録音した。それを奈緒子に聞かせ、馬原建吾を相手取り、慰謝料請求の訴えを裁判所に起こすか否かを確かめるためだ。

中原に言われなければ、有子が及川牧場に足を踏み入れることはなかった。

「ご同席、願いたい」

いつになく中原の口調は強かった。なぜ奈緒子に慰謝料請求を促す場に、自分がいる必要があるのか。中原に尋ねても、何も答えてはくれない。それだけではなく、馬原と話した結果も教えてくれなかった。

すべては奈緒子と会ったときに話す、と中原は言った。

「先日はありがとうございました」

中原がそう挨拶した。先週彼が、明菜の所有するものを調べるために、病院に明菜を見舞い、及川牧場をも訪ねたことは聞いていた。

「こちらこそ、いろいろご迷惑をおかけして申し訳ありません」

ログハウスのリビングに通され、椅子に座ると中原はすぐ本題に入った。

「馬原社長に会ったのは今週の月曜日です。直接電話をかけ身分を明かした上で、朝霧のマンション建設現場で起こった転落事故に、息子である建吾さんがかかわっていることが分かった。そのことで話がしたい、とはっきり告げました」

初め馬原は白を切り、歯牙にもかけなかったそうだ。

「そこで、事故で寝たきりの状態になった女性と、建吾さんが交際していた事実も摑んでいると言ったんです」

すると馬原は、話を聞くだけなら聞いてもいいと態度を軟化させてきたという。


中原が持参したボイスレコーダーを再生させると、布が擦れるようなざらついた音がして、遠くに救急車の通り過ぎるのが聞こえた。その音に、有子は明菜を連想しドキッとした。

「録音？　そんなもの何の必要があるんだ」

――及川明菜さんはいまもベッドの上です。話すこともできず、食事も、いや寝返り一つするにもお母さんの手助けが必要な状態だ。その明菜さんのご家族に、ここでの話をお伝えしなければなりません。

「朝霧の事故は、見舞金を渡してすでに済んだはずだ」

――いや済んでなんかいない。明菜さんはただの通りすがりに事故にあった訳ではありません。転落事故は、彼女があなたの息子さんに会いに行ったために起こったものなんです。

「建吾に会いにきた？　そんな話、初耳ですな。何でそんなことが分かるんだ。大体警備を担当していたおたくの会社の落ち度でしょう」

――明菜さんは「星野」という名を呼びながら、危険な場所へ進入した。そしてその星野と一緒に転落したんです。

「その男は、その場から姿を消し、解雇になったと聞いている」

――「星野」と名乗っていたのは息子さんですね？

「何を馬鹿馬鹿しい。証拠でもあるんですか」

――保険会社も調査しましたが、星野という男性は消えてしまってどこにもいませんでした。架空の人間ですから、当然ですね。それで私どもは数カ所の建設現場で、息子さんの写真を見せて話を聞きました。そして写真を見た数人から、「星野」あるいは「草野」だという証言を得たんです。

「最近うちの物件の建設現場から、妙な人間がうろついていると報告を受けていたが……、あんた何の権限があってそんなことを」

――私たちには知る権利がある。この転落事故によって人生を狂わされた当事者として。

「人生を狂わされた当事者？　そんなこと私は知らないし、第一、息子は事故に関係ない。それに、いまだって息子は私の言うことを守って、真面目に働いてるよ」

――あなたが息子さんに、あえて下働きをさせていることは知っています。それは何のためなんですか。

「私はたたき上げの人間だ。現場を知らん者は、必ず現場に裏切られることを知っている。現場を経験することで、大手の大学出のボンボンにはない発想も湧くというものだ」

――現場の様子、働いている人々の息づかいを把握させることが、会社経営に役立つということですね。だからこそ代表者の息子だとは分からないように、偽名を名乗らせた。星野とか草野と。

「あんた、まだそんなことを」

――現場で苦労を積ませることが将来役立つというあなたの気持ちを、息子さんは理解していなかったようだ。偽名をいいことに、正体を隠し若い女性に声をかけては遊んでいた。

「いい加減にしてくれ」

——遊び半分だったのかもしれない。女の子を騙すぐらい大したことはないと思っていたのでしょう。しかし、あなたの息子さんが遠くから放った弓矢で、二人の人間が命を落とし、もう一人は寝たきりの状態で苦しんでいるんです。そして、その家族も毎日心の痛みと闘っている。命を落としたのは転落現場で警備をしていたうちの社員だ。それを関係ないと言えますか。

「……警備員が亡くなった？」

——まだ白を切るおつもりですか。

中原が、転落事故で明菜が大怪我を負い、その恨みから及川が父を殺害、及川自身も自殺した経緯を話した。

——及川が、あなたを訪ねてきたことも分かっています。あなたはそのときのことを覚えているはずだ。

「ああ、そんなこともありましたな。会社としてはすでに処理済みですから、いまさら事故の原因と言われても、困りましたよ」

――困ったあなたは、うちの警備員のせいにした。孫請けの、ジャスティス警備保障という社名すら知らないあなたが、苦し紛れに生田さんの名前を告げた。おそらく保険会社の事故報告書でも見たんでしょう。でないと、及川が生田さんに行き着かない。

「参りましたな。そんな風に決めつけられてもね。それにあくまで建吾が現場にいたことを前提にした話だ」

――絶対にいなかったとおっしゃるんですか？

「いたという証拠もないでしょう」

――残っていた息子さんの痕跡を消したはずだからですか。確かに、明菜さんと一緒に転落したはずの従業員は、忽然と消えた。保険会社の人間も困るほど鮮やかに。転落したのは、おたくの従業員だというのに。

「従業員にも様々な事情があるんです。すべてを社長の私が把握してる訳ではない」

――しかし事故の日も、誰かが運転するテスタロッサで現場に出勤する息子さんが、現場の出入り口の工事車両を撮った防犯ビデオに映っていました。

「まさか。いや、それにしたって、たまたま現場にいたというだけのことだ。大体あの深い基礎に転落して、病院に行かないでおられるはずもない」

――そこです、問題は。星野が消えても、別の病院で馬原建吾に戻って治療を受ければいいんですから、かえって好都合だった。馬原さん、私の部下に元警察の鑑識課にいた人間がおりましてね。

「警察の鑑識課……」

——ええ。だから鑑識の専門知識を持っている。指紋採取の技術もね。明菜さんは、星野と名乗る男性と萩に旅行に行ってます。そのときお土産を買っている。彼女がいつも枕元に置いて大切にしている萩焼のキティちゃんです。彼女はキティちゃんを研究する同好会に入ってましてね。目に付いたんでしょう。そのわずか五、六センチの焼き物に複数の指紋が付着していました。

「………」

——誰の指紋だと思います？

「それがもし息子のものだとしても、その土産に息子が触ったということを証明したに過ぎない」

——土産のやり取りをする仲だったということですね。

「いや、直接じゃないかもしれない。誰かからの土産を仲介しただけとか」

——仲介ですか。それはあるかもしれません。

「きっと、そうだ。そうに決まってる」

――ではこれはどうですか。転落事故の際に明菜さんが着ていた服や持ち物を、調べたんです。いまでは、布からも指紋採取が可能なんですよ。

「事故の……」

――男は明菜さんの衣類をしっかり摑んでいたんでしょう。それらに付着した指紋と、キティちゃんから採取した指紋とが、非常に高い確率で同一人物のものであるという結果が出ました。息子さんの指紋と照合させていただきたい。

「そんなことはさせん」

――そうですか。それなら結構です。これらの証拠を持って、私は警察に告訴しますから。

「告訴！」

――徹底的に転落事故の捜査をやってもらいます。

「あれは間違いなく不可抗力の事故だ。それに中原さん、あなたも言ったように、危険な場所に入ってきたのはその娘の方だ。まさか建吾が、わざと突き落としたとでも言うのか」

――計画性があったとは思いませんが、現場から逃走したことは事実だ。それだけではない。あなたは、うちの従業員に、さもすべての責任があるかのように及川に言った。これが及川の事実誤認を誘発したんです。そこに、息子さんから及川の目を逸らせる意図があったとすれば、私の会社としても、生田さんの名誉回復の裁判を起こす用意がある。

「いくらだ。いくらで手を打ってくれる」

――まずはすべてを認めることです。そしてうちの生田と及川明菜さん、そしてその家族へ謝るべきだ。

「謝ったら告訴しないと約束してもらえるのか？」

――あの転落事故は刑事事件での立件は難しいかもしれません。しかしそうなれば、民事で転落事故の真相を明らかにしようと考えています。法律ではあなたも、息子さんも裁けないかもしれないが、二人の人間の命、一人の女性の普通の暮らしを壊した罪、さらに亡くなった人の周りの人間を泣かせた罪はそこに存在している。むしろ法律がないことが、償う機会を奪うこともある。心から謝罪しなければ、必ず後悔する日がきます。

「意味が分からん。実は裁判で勝つ自信がないんじゃないか。さっきからもっともらしく話しているが、実のところ証拠もないんだろう」

――罪を犯した人間の末路を私は多く見てきました。罰を逃れ、そのときは上手く行ったと心の中で舌を出していても、必ず行き詰まる。地獄のような心境に陥るんだ。そうなる前に、罪を認めて欲しいだけです。

「……それはご親切に。とんだ正義の味方だ……」

馬原の言葉の途中で、中原がレコーダーのスイッチを切った。

「結局、彼は最後まで謝罪はしませんでした。しかしいまの会話から、馬原建吾が星野と偽り明菜さんに近づいたこと、萩へ旅行するまでの交際をしていたこと、そして転落事故を起こしたことなどを大筋で認めたようなものです」

「あの、告訴の話は？」

奈緒子が訊いた。

「試みるつもりですが、建吾に突き落とす意志、またそこに殺意を持っていたかを証明するのは困難です。しかし、後に民事訴訟を起こすことができます」

「そこまで考えてくださったんですか。ありがとうございます」

奈緒子が涙声で頭を下げた。

「民事訴訟をするかどうかは、及川さんにお任せします」

訴状を提出するなら元検事の弁護士を紹介すると、中原は付け加えた。

「いま一度、考えてみます」

うつむいたまま奈緒子は答えた。

「いつでも言ってください。さてお嬢さん。生田さんの名誉回復のために、私は訴状を作成しようと思っていますが、どう思いますか」

今度は中原が有子に向き直る。

「父の名誉回復」

突然の提案だったので、すぐには飲み込めなかった。それに、奈緒子の前で訊かれることに抵抗もあった。まさかここが、父を殺害した犯人の家であるということを、中原が忘れている訳でもないだろう。

しかし、なぜ抵抗があるのだろうか。奈緒子の前で父の名誉回復の意志を示すことは、明菜の事故に何の責任もないと明言することになるはずだ。

「お嬢さんの考えに従いますよ。どうですか」

まごつく有子に、中原が言った。

「私も考えさせてください」

「お嬢さん、元気ないですね。疲れましたか？」

及川牧場からの帰りの車の中で、黙ったままの有子に運転席の中原が言った。

「そうですね。ちょっと」

フロントガラスの、夕暮れ近い神戸の街を見つめたまま答える。

「馬原はどんな気持ちなんでしょう」

馬原から謝罪の言葉が聞けなかったことが、有子の気分を重くしていた。

「動揺してはいました。しかし悪いことをしたという気持ちはないのかもしれません。私がなぜ、お嬢さんに同席をお願いしたんだと思います？」

中原も前を見たままだった。

「分かりません。なぜですか？」

それは、今日奈緒子に会いに行くと言われてから、ずっと心にわだかまっていたことだった。

「お嬢さんの気持ちを確かめたかったんです」

「私の気持ちって、どういうことですか」

雨が落ちてきたようだ。ワイパーが扇形の水膜を描くと、点り始めた街灯が滲んで見えた。

「生田さんの名誉を回復するために訴訟をするという話をしたとき、お嬢さんが返事に窮した。それがお嬢さんの本当の気持ちなんです」

「本当の気持ち」

「生田さんに落ち度はなかった、ということを証明しようとすると、及川の人違い殺人を明確にすることになります。及川夫人にはとても辛いことだ。だからお嬢さんは、すぐに返答できなかった」

「父の汚名は晴らしたい。でも私、割り切れないんです。それは明菜さんに会ってから、ずっと」

有子は明菜の容態を知ってから、介護食の研究をしていることを話した。

「同情しているのでもない、もちろん父の警備のせいだと責任を感じているのでもありません。はじめは父を殺した犯人の家族だから、恨んでました」

中原は黙ったまま聞いていた。

「なのに、どうすればただ生きるための栄養補給から、生きる楽しみとしての食になるのか、ずっと考えてるんです」

「どうやらお嬢さんは私が思うより、強い心の持ち主かもしれない」

「強くなんてないです。ただジタバタしてるだけで」

「ジタバタですか。ジタバタするのもいい。私は思うんです。本当に強い人というのは、勝ち続けている人をいうんじゃないと。負けても負けても、負け続けたとしても自分を見失わない人なんだって。その人は結局、人生に勝利しているんだとね」

「災難を不幸にしない力だと、やよいが言ってくれました」

有子は、早乙女教授とのやり取りを話し、そのときのやよいの反応を伝えた。

「やよいさんらしいですね。それに、早乙女先生はいい師匠だ。一瞬でお嬢さんの才能を見抜いたんですからね」

「私、早乙女先生について学びたいと思っています」

「そうですか。生田さんも喜ばれます」

中原がしんみりとして言ったとき、彼の携帯が鳴った。素早く車を路肩に駐めて、電話に出る。

「そうですか。分かりました。では明日にでもお伺いします。失礼します」

中原は電話を切ると、

「及川さんです。刑事事件として成立しない場合、慰謝料請求の訴状を提出する決心がついたそうです」

と言って顔を向けた。

「もう一つ、お嬢さんに伝言です。お父様の名誉を回復してください、と」

4

七月二十四日　金曜日

その日の神戸は朝からどんよりと曇り、気温が三十度まで上がってとても蒸し暑かった。断続的に聞こえる蟬の声にやよいが、この子らに夏バテはないな、と言っては、自分は溜息をついていた。

「なあ有子、確かにこれ見た目は涼しいよ。けど何も外で試食することないと思うで」

とやよいは言った。

二人は大学内の中庭にそびえる楠《くすのき》の下のベンチに座っていた。すでに夏期休暇に入り、学内にいるのは研究室を使用するわずかな人数だけだった。

「大豆タンパクとバナナと人参で作った流動食を、葛《くず》で固形状にして、不揃いの大きさに砕いてみました」

有子はわざとすまし顔をつくって、やよいの前にカップを差し出す。

氷に見立てたという和菓子の水無月からヒントを得て、見た目で清涼感を出し、口腔内を刺激できるようにした。

「有子先生の苦心はよう分かったし、これ食べたら中に入ろな」

「うん。ただこれはなあ、冷房の効いたところで食べても、いまひとつ涼しさが伝わらへんと思て。とにかく食べてみて」

「へいへい」

やよいがカップからスプーンで掬って、

「氷菓子みたいやな」

と言いながら口に運ぶ。

「どう？」

有子はやよいの口元を凝視した。

「そうやね、見た目も食感も味覚に影響するな。これそんなに冷やしてないんやろ？」

「うん。冷やしすぎるのは体に良くないし、常温よりちょっと冷たいくらいかな」

「何やすっとするし、夏バテ気味のときは、私らかて食べたい味と食感や」

「甘みは三温糖少々とバナナの果糖だけ。ビタミンとミネラル、それにアミノ酸も入れてるから栄養面も充分なはず」

「なるほど。ほな校舎に入ろうか。口の中は涼しいけど体は蒸し風呂にいるような感じや」

　ベンチから立ち上がって移動しながら、やよいが、

「結局、民事訴訟になるんやな」

　と訊いてきた。

　建吾を告訴して約ひと月間、警察は捜査をしたが、やはり転落事故での刑事責任の追及は難しいという結論に達したということだった。

「慰謝料、いくら請求したと思う？」

　有子が言った。

「そら一億円でも足りひんやろ」

「それが、百万円なん」

「ええっ、何でそんなに安いの。明菜さんの苦痛を考えたら、それはないわ」

　やよいが肩をすくめた。

「私もびっくり。でもそれがお母さんの要望みたい」

「分からへんな。中原さんに理由を訊いてへんの？」

　校舎内に入ると、肌寒いほどクーラーが効いていた。二人は自販機の前のベンチに座る。

「訊いた。そしたら及川さんは『病床の明菜を看てると十億でも二十億でも足りない。でもどうせ裁判ではその百分の一、千分の一しか認められない。それを見届けるだけの気力がない』って言ったそうなんよ」

「ははん、つまり金額の査定に耐えられんということか。まあそれやったら気持ちは分かるわ。裁判官とはいえ、知らんオッサンに値踏みされるような気がするもんな。それならいっそこっちの要求が百パーセント通りそうな金額を提示した方が、精神的にさっぱりするるか」

「そうなんかも。けどやっぱり安いと思う」

「相手は和解する気あるんか?」

「争う姿勢を見せとおそうや」

裁判は来月末、三回目の証人尋問が行われる予定で、美晴や恭子、さらに中原が証人として出廷することになっていた。

有子が、別に用意してきたカップをやよいに手渡した。

「これも試食?」

「感想きかして」

と言って、有子は続けた。

「きっと、息子に非がないことにしたいんやろね」

「うーん、これビミョーやわ。何？」

口を尖らせてやよいが言った。

「すり下ろし発酵野菜。そんなに不味かった？」

「ううん、甘酸っぱさがくせになるかも。私は好きな味やけど万人には受けへんな」

「改良の余地あり、か。体を動かせない人は便秘になりやすいから、発酵野菜で食物繊維をと思ったんやけど」

「いろいろ考えてるんやな、有子。嫌いなラットとかマウスでの実験も積極的にやってるようやし。無理してる？」

やよいが、有子の顔を覗き込む。

「そんなことないよ。早乙女先生の期待に応えたい一心」

本当は、中原と話がしたいという気持ちを研究に没頭することで、紛らわせようとしていた。会えないと募る気持ちに気づいたとき、失った父の代わりとして、中原に甘えているのだと思おうとした。けれどそれが誤魔化し以外の何ものでもないことに、とうとう気がついてしまったのだ。

電話で声を聞くだけで、安心できる。会って話せば、大したことのない料理がとても美味しく感じられる。味覚は正直だと有子は思う。

中原さんを、男の人として見とお。そして好きになってしもた。私にも母と同じ血が流れてるの？　そんな心の中の思いを、やよいにぶちまけたい衝動を有子は懸命に抑えた。

中原が一番喜んでくれること、それは有子が前向きに歩んでいる姿を見せることだ。だから――。

「ただ頑張るのみって感じかな」

有子は微笑んで見せた。

「有子のいつもの癖、気張り過ぎはようないで」

「ごめんね、いつも心配かけて」

「何としおらしい。さては恋でもしてるか？」

「あほな。やよいと一緒にせんといて」

やよいと別れて真っ直ぐ家に帰った。

鍵を開けようとすると背後に人の気配を感じた。身構えながら、ゆっくり振り向く。傾いた夕日の中の人影がこちらに向かってくる。体型から女性であることが分かった。

まぶしさに手をかざして凝視すると、

「有子ちゃん、こんばんは」

と、いがらっぽい声が聞こえた。いやだが、それが母親のものであることはすぐに分かった。

「何してたん！」

「あなたを待ってた。蒸し暑いわね、今夜も」

「いままでどこで何をしてたかを、訊いとおんよ」

有子は返事を待たず、鍵を開けてドアを開いた。そのドアの間に、先に入ったのは母だった。

「お邪魔します。有子ちゃん相変わらず真面目ね。花の女子大生が六時前に帰宅。ビアガーデンで合コンとかしないの？」

「そんなことを言うために、家の前で待ってたん？　それに私が帰ってくる時間を見越して待ってたくせに」

家に上がると母はリビングのソファーに座った。

有子が冷えた麦茶をテーブルの上に置くと、

「ビールはないの？」

そう言って、母が煙草を取り出す。

「ここは禁煙。それに私は未成年やから、ビールなんて置いてません」

冷たく言い放った。

「有子ちゃんの楽しみって何？　そうか栄養学のお勉強だったわね」

有子は、そっぽを向きコップの麦茶を飲み干した。

「浅井とは切れた。もう迷惑はかけないわ」

「どういうこと？」

「お別れにきたのよ」

「お別れ……」

「寒いところで失敗したから、今度は暖かいところに行こうと思ってる」

事も無げに言った。

「暖かいとこって、どこ」

「それより有子ちゃんも、この家に縛られることないわよ。自分のやりたいこと見つけて、どんどん外へ出て行けばいい」

「私は、ここで頑張ろうと決めてる」

結局母は、嫌なことから逃げているだけだ。厳しい岐阜の家、面白味のない父と、震災の不仕合わせに見舞われた神戸という土地、そして浅井の暴力。

「私は逃げない」

自分に言い聞かせるように、言葉にした。

「そう。私は前に前に泳ぎ出したい。酸素不足の水槽にはいたくないわ」

「金魚……」

金魚が死んだときの母親の顔がふいに出てきた。

「金魚って？」

「飼ってた金魚が死んだとき、泣いてる私の前で、笑たでしょう」

「ああ、あのときのこと。よく覚えているわね」

「どうして笑ったりしたん」

「有子ちゃんのところという新しい世界にやってきた金魚は幸せやった、と思っただけ。生まれたところから一生出られない金魚もいるわ」

「それだけ？」

「そうよ」

「新しい世界いうても、自分の力やない。他人任せで見つけただけやないの」

「そうかもね。とにかく私は、この生き方しかできないから。じゃ、元気でね」

「ほんまに行くの」

「泳ぎ出さないと、私、死んでしまうから」

母は大きな声で笑った。そして本当にそのまま出て行ってしまった。

テーブルには、またメンソール煙草が置き去りにされていた。

自分が変わらんと、何も変わらへん。いくら居場所を変えても同じなんよ、お母ちゃん。

父が亡くなり、これからどうすればいいのかと中原に尋ねたとき、彼が「自立することです。自分の足で歩いて、生きていくことが基本になる」と言った。

そのためにも強くなるんだ。自分の立っていることの場所を、一番幸福なところにしないといけないんだ。

有子は煙草の箱を手にし、父の位牌の前に供えた。

お母ちゃんができる精一杯の供養やって。これで許してあげる？　お父ちゃん。

有子は笑顔の父に、もう泣かないと誓った。

5

民事訴訟裁判の三回目は開かれなかった。その寸前に馬原から和解の申し出があり、それに奈緒子が応じたからだ。

「建吾は、転落事故の際脳神経が断裂していたようです。ＣＴなどの検査では分からない軽度外傷性脳損傷だった」

久しぶりに顔を見せた中原が言った。

「それで運転中にめまいを起こし、自宅のガレージに入れようとして母親を轢《ひ》いてしまったようです。いま建吾と馬原夫人は入院しています。二人共、介護が必要な状態でしてね。及川さんにこう言ったそうです。娘さんを介護するあなたの気持ちがよく分かった、と」

そう言う中原の表情に明るさはない。彼の憂えるような瞳の意味が、有子には分かる気がした。

「そんな状態なので、生田さんの名誉毀損の訴えは断念しようと思います。それでもいいですか、お嬢さん」

「はい。父のことは、私が一番よく分かってますから」

「そうですね。ああ、お母さんが見えたのですか？」

位牌の前の煙草に気づいて、中原が訊いた。

有子は、母親が突然別れを告げにきたことを話した。

「そうですか、暖かいところに」

「どうしようもない母親です」

眉をひそめながら、有子は口元だけで微笑んだ。

「いや、お母さんらしいじゃないですか」

「でもまた変な男の人に騙されないか心配です」

「うん。ところでお嬢さんの研究は進んでますか」

中原が穏やかに訊いた。

「共同開発してる介護食のサンプルが、もうすぐできてきそうなんです」

発酵野菜を葛で固め、それを氷のように見立てたものだ。

「珠乃さんから聞いた水無月のいわれからヒントを得たんです。お礼を言わないといけないんですよ」

「水無月ですか」

「そうだ。サンプルができてきたら一番最初に、中原さんと珠乃さんに味見をしてもらいます」

「ずいぶん前に」

「それは光栄です。しかし、辞退しましょう」

「えっ？　どうしてですか」

「一番最初は、早乙女先生、その次はやよいさん。そのあとでゆっくりいただきます」

　中原が笑顔になった。

　乗り越えなければならない心の山が、そこにあった。


（了）

解　説

本多京子（医学博士・管理栄養士）

「いただきます」「ごちそうさま」……この作品から思い起こしたのがこの言葉でした。

ご存じの通り、日本人は毎朝毎晩、食事の前後にこの言葉を口にしてきました。ところが最近では、こうした挨拶もせずに黙って食事をする人が増えてきたように思います。なかには、自分でお金を払っているのだから、「いただきます」などと言う必要はないという人さえいるそうです。

人は何かを食べずには生きていけない動物ですが、その食べ物はそれぞれ命あるものです。

野菜や果物などの植物や、肉・魚のような動物の命をいただいて、生かしてもらっているのです。米や麦などの穀物も、言ってみれば一粒一粒が命そのもの。春夏秋冬と四季のある我が国では、それぞれの季節に食べ物が一番おいしい旬《しゅん》がやってきます。その自然の恵みに感謝しながら、植物や動物などの命をいただくことを「いただきます」という言葉で表すのです。

また、そうした命の素になる食べ物を育てたり、運んだり、調理したりしてくれた人への感謝の気持ちを表す言葉が、「ごちそうさま」です。ごちそうさま（ご馳走様）に「走る」という文字が入っているのは、走り回って食事を整えてくれたであろう見えない人を思い、気持ちを伝えるためなのです。

「いただきます」「ごちそうさま」は、どちらも自分の命は自分だけのものでなく、「見えない鎖」でつながっていることを表しています。

ところが最近では、簡単に手に入るお惣菜やレトルト食品を利用して、一人ひとりが好きなものを食べ、しかも誰もそれを気にしないという家庭が増えています。こういう食のスタイルでは会話は生まれず、食事を用意する人への感謝や、食べ物そのものへの感謝の気持ちも生まれません。「いただきます」「ごちそうさま」という言葉の意味を、もっと真剣に考える必要があります。

お金さえあれば世界中から食べ物を買い集め、好きなときに好きなものを好きなだけ食べられるようになってからというもの、命や人をつなぐ食の「見えない鎖」に気づかない人が増えています。どこでどう育てられた食べ物か、誰がどんな風に調理したかなんて思いも至らず、知らずに食べているのです。つまり「見えない鎖」を見ようとする努力をしないまま食べているのです。

その結果、見えないのをいいことに食品を偽装したり、表示をごまかしたり、また、加工食品から知らずにとっている塩や砂糖・脂が過剰になって、メタボリック症候群やさまざまな生活習慣病を招く結果にもなっています。

また、出来合いのお惣菜や加工食品、外食などの割合が増え、自分で料理するという人が減っています。料理の「料」という文字は、「米」と「斗」で成り立っていますが、これは米を枡《ます》ではかるという意味で、つまり食材の分量をはかること。「理」は「ことわり」、つまり物事の筋道を表しています。料理とは、食材の分量をはかって筋道を立てながら仕上げる作業なのです。

和食は一汁三菜が献立の基本ですから、主食・主菜・副菜・汁ものを一定の時間で効率よく仕上げるためには、だんどり力が必要です。たとえば、ご飯、味噌汁、焼き魚、お浸《ひた》し、酢の物といった献立の場合、一番先に米を研いで出汁《だし》を引いてから、お浸しと酢の物を作り、そのあとで魚を焼きながら味噌汁を仕上げ、同時にご飯が炊きあがるという手順が必要です。この食事時間から逆算して料理の段取りを組んでいく作業は、脳の活性化に通じます。そのため、食事作りを続けていると、筋道を立てて考える力が身につき、その結果として生きる力を身につけることにも通じます。

この本の主人公の生田有子は、栄養士を目指して食物栄養学科に通いながら、父と二人の生活を送っている短大生。幼い頃に失踪した母に代わって、血圧が高めの父親の健康管理に気を配りながら、毎日のように料理作りをしている女性です。アルバイト生活の忙しい時間の合間をぬっては栄養士として学んだ知識を活かし、まるで記号のように栄養素を組み合わせながら、父親の健康を考えた献立作りをしている。つまり、食品のもつ機能性や栄養成分についての知識があり、献立を組み立てて料理をすることを通して、筋道を立てて考える力がある程度は備わっている女性です。

ある日、父が「知らない男に刺された」という言葉を残して突然還らぬ人となり、一人ぼっちになった有子は、なぜ善良だった父が見知らぬ男に殺されなければならなかったのかという疑問を抱くようになります。企業戦士だった有子の父は、リストラで他の人の首を切るのを嫌がり、依願退職をしたほどのお人好しで、だれからも恨まれるような人ではなかったからです。

怒りと悔しさの中、「父が殺された理由」を突き止めるために、父の勤め先だった警備会社の経営者である中原とともに事件の真相を探り始めます。見えない犯人につながる「見えない鎖」をたぐりながら、ひとつずつ解きほぐしていくなか、傷心の有子に差し出されたのが中原の妻・珠乃からのお弁当。おにぎりに京風のだし巻き卵、ほうれん草としめじのソテー、豚の角煮とごぼう、壬生菜《みぶな》の漬け物が詰めてあり、どれも塩分や糖分を控え、出汁の風味を活かした薄味の上品な味付けで、その料理から有子はまだ出会っていない珠乃がとてもいい人に思えたといいます。父のために毎日料理していた有子は、料理には作った人の「人となり」も表れることに気づいたからなのでしょう。

また、失踪した母の手がかりを求めて中原と出かけた仙台からの帰り道では、珠乃が用意してくれたしそ風味のおにぎりを食べながら、自分はとかく食品の機能性成分に注目しがちだったと気づき、料理は食べる人が一番欲しがっているものを提供すること、つまり相手を思いやる心が大事なのではないかということに気づかされます。食は「生きる基本」なので、何をどのくらい食べるかということだけでなく、誰のためにどういう思いで作るかも重要です。

そして、事件のカギが隠されているかもしれないと思いながら、父の業務日誌をめくるうちに、有子は父が作ってくれたとんかつソース味の炒飯を、「初めて食べた味なのにどこか懐かしい味」だったと思い出します。その炒飯は、玉ねぎと卵、キャベツ、ちくわの輪切りとごく身近な具材で作られていて、豪華な金華ハムや蟹は入っていない。しかも、オイスターソースの代用品として、身近なとんかつソースを使って……。食材としてはさほどではない材料で作られた炒飯に、中華料理店の炒飯とは違う味わいを感じたのです。

豪華な食材を使って一流シェフが作った炒飯と、父親が有子のために作った炒飯の味の違いは、思いやりとやさしさでしょう。どこの誰が作ったか分からない料理には、いくら旨味が多くても懐かしさは感じられません。でも、誰かが誰かのために一生懸命作った料理の味の記憶は、それを思い出したときに人の心を和ませます。

やがて有子は、父と自分を捨てた母と出会うことになりますが、その母は線香代わりにメンソールの煙草を残して出て行き、中原から、それが父と母との出会いの記憶につながる品だったことを知らされます。幼い頃、母のエプロンからは煮物の匂いがしていたのに、それが化粧品の匂いに代わり、メンソールの香りを残して再び、有子から遠ざかっていった母。

私たちが口にする食べ物には、五味と言われる「甘・塩・酢・苦・旨」のほかに、「記憶の味」があります。これは有子の父が作ってくれた炒飯がそうであったように、優しい思い出がよみがえる味です。この時、味ばかりではなく食材そのものや料理から立ち上る香りも、脳と深くつながっています。有子にとっては、幼い頃の優しい母

＝エプロンに染みついた煮物の匂いだったのが、父と自分を捨てた母の化粧品の香りになり、今は母から父への手向《たむ》けの品として置かれた煙草のメンソールの香りへと変化していきました。

味覚は加齢と共に失われやすく、見た目の印象や音の記憶も時間とともに薄れていくのに、香りの記憶はずっと残るといわれます。フランスでは「思い出の曲より、思い出のハンカチより、あの人の香水」と言われるほど……。食べ物は味ばかりでなく、香りや匂いが記憶と深く結びつき、記憶された食べ物の香りを嗅ぐと記憶がよみがえるという特徴があるのです。

そして、父の謎の死の背景を探るうち、有子が最後に出会ったのは不幸な出来事で寝たきりになってしまった明菜という若い女性でした。その頃、自分の将来について悩んでいた有子は、臨床栄養学の早乙女教授との出会いから、明菜のように寝たきりになってしまった人のための介護食の研究という、新たな目的や生き方を見つけていくことになります。

こうして、栄養士を目指す主人公の有子は、父と自分を取り巻く人間関係が複雑に絡み合った「見えない鎖」をたぐりよせ、それを解きほぐす過程で、さまざまな「食べる」ことの意味を考えていくのです。

食べることは生きることとの基本であるにもかかわらず、自分の命をささえる「食」の意味も分からずに過ごすことは、「見えない鎖」を解かずに生きていることと同じです。

自分を取り巻く「食」の背景やあり方をきちんと知ることが、多角的なものの見方や不幸な出来事の向こう側にある、「未来の光」を見いださせてくれる。そんな大切なことを気づかせてくれる一冊に出会えました。

（ほんだ・きょうこ）

本作品はフィクションです。実在の人物、団体等とは一切関係ありません。
本書は二〇一〇年十月に小社より刊行された単行本を文庫化したものです。

見えない鎖

潮文庫　か－1

2016年　4月20日　初版発行
2016年　6月6日　4刷発行

著　者　鏑木　蓮
発行者　南　晋三
発行所　株式会社潮出版社
〒102-8110
東京都千代田区一番町6　一番町SQUARE
電　話　03-3230-0781（編集）
03-3230-0741（営業）
振替口座　00150-5-61090
印刷・製本　中央精版印刷株式会社
デザイン　多田和博

ISBN978-4-267-02049-0 C0193